언제든지 스마일

언제든지 스마일

서해문집 청소년문학 022

초판 1쇄 인쇄 2023년 1월 1일
초판 1쇄 발행 2023년 1월 10일

지은이   박경희
펴낸이   이영선
책임편집   김종훈

편집   이일규 김선정 김문정 김종훈 이민재 김영아 이현정 차소영
디자인   김회량 위수연
독자본부   김일신 정혜영 김연수 김민수 박정래 손미경 김동욱

펴낸곳 서해문집 | 출판등록 1989년 3월 16일(제406-2005-000047호)
주소 경기도 파주시 광인사길 217(파주출판도시)
전화 (031)955-7470 | 팩스 (031)955-7469
홈페이지 www.booksea.co.kr | 이메일 shmj21@hanmail.net

ISBN 979-11-92085-87-6 43810

서해문집
청소년문학
022

언제든지 스마일

박경희 장편소설

서해문집

차례

만인의 아버지

"수산, 얼른 청어 좀 사 오렴. 싱싱한 걸로."

"며칠 전에도 청어 잔뜩 사 왔잖아요!"

수산은 심부름이 싫다기보다 엄마의 가난한 주머니가 걱정되었다.

"벌써 다 먹었지. 그동안 손님들이 많았잖니. 어서 다녀오렴."

수산의 집은 요즘 사람들로 북적댄다. 얼마 전 중국 상해에서 아버지가 돌아왔기 때문이다. 임시정부의 내분으로 잠시 미국에 왔다고 한다. 사람들은 아버지의 여독이 풀리기도 전에 수시로 찾았다. 덕분에 엄마의 손에 물 마를 날이 없다.

"우리 집이 한인들의 아지트 같아요. 사람들이 끊임없이 오네요."

"아버지가 오랜만에 오셔서 그렇지. 마땅히 모일 사무실도 없으니까. 당연히 우리 집에서 모이는 거고. 질문은 그만하고 청어 가게에나 다녀와."

엄마는 아버지를 둘러싼 사람들을 살피며 재촉했다. 수산은 아버지를 빼앗긴 것 같아 기분이 별로 좋지 않았다. 사람들은 아버지를 한시도 가만두지 않았다. 아버지가 온 후로, 엄마는 아예 대문을 열어 놓았다.

사람들은 아버지에게 늘 무엇인가를 물었다. 수산은 사람들 앞에서 열변을 토하는 아버지가 낯설었다. 아버지의 말을 단 한 마디라도 놓칠세라 두 눈을 반짝이는 사람들 모습도 기이했다.

"도산 선생님 말씀을 가까이서 들으니 힘이 납니다. 조국이 잘살아야 타지에 나와 사는 우리도 힘이 나는 거 아니겠습니까. 선생님의 활동 이야기를 들으니 그나마 위로가 됩니다. 그저 애만 탔는데 말입니다. 미국에 계시는 동안 자주 찾아뵙겠습니다."

맨 앞에서 경청하던 아저씨가 감격한 듯 말했다. 그러자 주위 사람들도 고개를 주억거리며 동조했다. 그러곤 우르르 몰려 나갔다. 이제 아버지와 그네를 타야겠다고 수산이 마음먹은 순간, 흥사단 아저씨 세 분이 들이닥쳤다. 출근하듯 아버지를 만나러 오는 사람들이다.

"오, 수산! 아버지가 오셔서 분주하지? 미안해서 어쩌나. 우리가 할 이야기가 많아서 아버지를 빼앗아야겠는걸. 대신 맛있는 엿 줄 테니까 동생이랑 나눠 먹어. 대한민국에서 최고로 맛있기로 소문

난 엿이거든."

수산과 동생 수라는 작은 입술로 쪽쪽 소리를 내며 엿을 빨았다. 둘 다 웃이며 얼굴이 엿물로 끈적였다. 수산은 수라의 얼굴을 바라보며 웃었다.

흥사단 아저씨들은 앉자마자 대한민국 사정에 관해 이야기하느라, 불꽃 논쟁을 벌였다. 수산은 입 안 가득 달콤한 엿을 문 채 생각했다.

'임시정부, 자주독립, 식민지라는 말의 뜻은 뭘까? 아버지를 찾는 사람마다 똑같은 말을 하는 걸 보면, 중요한 말임이 틀림없어.'

수산은 궁금함을 풀기 위해 엄마를 살폈다. 엄마는 앉아 있을 새가 없었다. 음식이며 다과를 준비하느라 분주했다. 아버지가 없을 때의 식단은 간단했다. 삶은 달걀에 우유 한 잔 정도로 끼니를 때울 때도 많았다. 생일에나 소고기미역국을 먹을 정도였다. 그러나 아버지가 오면 달랐다. 엄마는 손님을 위한 밥상은 풍성하게 차렸다.

"아니, 수산. 얼굴이 왜 그래? 엿으로 범벅이 되었구나. 그나저나 청어 가게 다녀오란 말 잊었어?"

"지금 다녀올게요."

수산은 애꿎은 돌멩이를 툭툭 차며 언덕을 내려갔다. 피게로아 골목 입구에 있는 식품 가게로 달려갔다. 구레나룻이 멋진 유대인 아저씨가 수산을 반겼다.

"얼굴 자주 보니 좋네. 아버지가 청어를 어지간히 좋아하시나 보다."

유대인 아저씨는 너털웃음을 지으며 생선을 골랐다.

"손님이 많아서 그래요."

"이건 덤으로 주는 거야. 단골에게만 주는 특별 보너스!"

수산은 인심 좋은 아저씨에게 넙죽 인사한 뒤, 검은 봉지를 받았다. 청어는 저렴한 가격으로 구할 수 있는 가장 고급스러운 생선이다. 수산은 가시가 많아 청어를 좋아하지 않는다. 그러나 아버지가 맛있게 생선을 드실 것을 생각하면 콧노래가 절로 나왔다. 수산은 청어 꾸러미를 들고 언덕 위 집을 향해 달렸다.

로스앤젤레스 피게로아 106번지. 수산은 언덕 위 집을 좋아한다. 낡고 오래된 건물이지만, 부끄럽지 않다. 물론 임대다. 이민을 온 사람들이 사는 집은 거의 비슷했다. 슬래브로 된 지붕에 썰렁한 정원, 삐거덕거리는 철 대문 등 기계로 찍은 것 같다. 하지만 수산의 집 정원은 남다른 편이다. 해외를 떠돌던 아버지가 미국에 들를 때마다, 꽃과 나무를 심고 가꾼 덕분이다. 풀 한 포기, 덩굴장미 한 송이도 지극 정성으로 심었다. 엄마는 다르다. 꽃밭보다는 텃밭을 좋아했다. 밥상에 오를 푸성귀가 중요하다며. 덕분에 초라한 외양과는 달리, 정원은 꽃이며 푸른 나무들로 풍성했다. 온 가족이 가난을 결핍으로 느끼지 않으며 살 수 있는 힘이었다.

수산은 언덕을 중간쯤 오르다 다리가 아파 잠깐 쉬었다. 휘휘 동네를 살폈다. 피게로아 동네에는 낡고 오래된 집이 많다. 가로수인 야자나무 잎도 바싹 말랐고, 골목마다 아무렇게나 버린 쓰레기들이 나뒹굴었다. 이민자들이 많이 사는 동네답게 다양한 향신료 냄새도 진동했다. 수산은 카레 냄새와 중동 지방 요리에 들어가는 독특한 냄새에 익숙하다. 가끔은 엄마의 청국장 냄새만큼 정겹다.

수산은 일어나 헉헉거리며 언덕 위를 향해 다시 올랐다. 골목마다 다양한 가게가 즐비하다. 이민자마다 각기 다른 품목을 판다. 수산은 필립 오빠가 일하는 과일 가게 앞을 지나다 안을 들여다봤다. 필립은 수산이 지켜보는 것도 모른 채, 열심히 과일을 정리하느라 바쁘다. 아버지를 닮아 키가 크고 이목구비가 뚜렷한 필립은 멀리서도 광채가 난다. 수산은 일하는 오빠에게 방해될까 봐 잽싸게 발길을 돌렸다.

어서 집으로 돌아가 아버지와 맛있는 저녁을 먹고 싶다. 물론 사람들은 잘 익은 청어를 먹어야만 자리를 털고 일어나겠지만. 수산은 비록 사람들에게 빼앗기긴 했지만, 아버지가 집에 있다는 것만으로도 위안이 되었다. 스산한 피게로아 거리만큼 무겁던 집에 활기가 생겨 좋았다.

두리번거리며 올라오니, 어느새 집 앞이다. 수산은 대문 안으로 들어서다, 우뚝 발을 멈췄다. 사람들 앞에서 아버지가 엄마의 손을 잡은 채, 무슨 말인가를 하고 있었다. 수산은 왠지 방해하면 안 될 것 같아 조용히 숨죽이며 들었다.

"저는 나랏일 한다고 가족을 힘들게 한 사람입니다. 곱던 아내의 손이, 남의 집 가정부로 화장실 청소며 허드렛일하느라 쇠 수세미처럼 변했습니다. 가슴이 아픕니다. 내 아이들에게도 변변한 옷한 벌, 연필 한 자루 사 주질 못했습니다. 내 가족도 돌보지 못하는 사람이, 과연 나라를 구할 수 있을지. 회의가 들 때가 많습니다."

아버지가 죄인처럼 낮은 목소리로 말하자, 둘러앉았던 사람들 모두 침묵을 지켰다. 마치 고해성사하는 종교 행사장 같았다. 그때, 엄마가 아버지의 얼굴을 바라보며 말했다.

"무슨 말씀이세요? 전 당신을 나만의 남편으로 생각한 적이 없습니다. 아이들에게도 늘 아버지는 '만인의 아버지'라고 말했지요. 제가 그런 각오 없이 여기까지 따라왔겠어요?"

엄마가 의연하게 말을 받아넘기자, 아버지가 엄마의 어깨를 감싸 안았다. 감격한 모습이 역력했다. 모인 사람들이 손뼉을 치며 호응했다.

"역시! 멋지십니다. 도산 선생님도 여사님도….."

수산은 잔칫집 같은 분위기에 절로 어깨를 들썩였다. 주방으로 가 청어가 든 검은 봉지를 살며시 내려놓았다. 방에서 나온 엄마가 상 차리는 동안, 수산은 청어를 구웠다. 익숙한 일이다. 온 집 안이 청어가 익어 가는 냄새로 가득했다. 따습고 정겨웠다. 모처럼 사람 사는 집 같다는 생각이 들었다. 수라는 혼자 놀기 심심한지 주방을 기웃거렸다. 수산은 세 살 어린 동생이 안쓰러웠다.

"수라야, 잠깐만 있어. 언니가 그네 태워 줄게."

"근데 왜 아버지는 우리랑 안 놀아 주는 거야?"

"아버지가 오랜만에 오셔서 그래. 금방 나갈게."

간신히 수라를 달래 놓고, 접시에 구운 청어를 담는데, 바깥이 시끄러웠다.

"도산 선생님, 저희 왔습니다."

한인회 사람들이 떼로 몰려왔다. 아버지가 집에 돌아왔다는 소식을 들은 것 같다. 흥사단 사람들이 식사를 마치면, 아버지랑 놀줄 알았는데 낭패다. 수산은 아버지를 빼앗긴 기분이 들어 허허로웠다. 엄마가 퀼트 자수로 정성껏 만들어 준 손가방을 잃어버렸을 때처럼.

"도산 선생님. 많이 여위신 것 같습니다. 상해임시정부 일이 만만치 않으신가 봅니다."

피게로아 입구에서 인삼 가게를 하는 구호 아저씨였다. 알코올 중독이었던 아저씨는 아버지를 만나면서 술도 끊고 엉망이던 가게도 깨끗하게 관리했다. 그전까지는 한국 상인들과 저녁마다 술마시고 싸우는 통에 미국인들의 불만이 많았다.

아버지와 어머니는 이민자 중 최초의 유학생 부부였다고 한다. 아버지는 샌프란시스코에 들어올 때만 해도 '신식 교육'을 배우고 익혀 조국으로 돌아갈 생각이었다. 그러나 구호 아저씨처럼 돈 벌러 온 이민 1세대들이 엉망으로 사는 것을 보며 생각이 바뀌었다고 한다.

"지금은 공부도 중요하지만, 이민자 사회의 혁신이 우선인 것 같소."

아버지는 필립 오빠가 태어나기 전부터 한인 친목회를 만들어 다양한 활동을 했다. 이미 아버지는 조국에 있을 때부터 연설가로 이름을 날리셨다니. 한인 사회에서 앞장서는 것도 놀랄 일은 아니었다.

"동지 여러분! 돈 벌기 위해 멀고 먼 미국까지 오셨지 않습니까? 조국을 떠나 미국이라는 나라에 둥지를 튼 동지들끼리 헐뜯고 싸우느라 허송세월 보내면 되겠습니까? 밤새 술 마시고 힘들어 지각을 일삼아서 되겠느냐 말입니다. 미개인처럼 살려고 여기에 오셨습니까? 미국인들이 한국 사람을 고용하지 않으려는 것도 일리가 있습니다. 우리는 변해야 합니다."

사람들은 아버지의 말에 고개를 주억거렸다. 공감한다는 뜻이다. 아버지의 연설이 처음부터 먹혔던 것은 아니다. 아버지는 먼저 나서서 허드렛일부터 했다. 새벽마다 온 동네를 반짝반짝 빛나도록 쓸고 닦았다. 솔선수범해서 골목 청소를 하고 정신 수양을 외치자, 사람들도 믿고 따랐다.

"우리는 성실하고 부지런한 민족입니다. 미국에서도 그렇게 일해야 합니다. 노예근성이 아닌, 미래를 바라보며 주인의 마음으로 해야 성공할 수 있습니다. 저도 처음 샌프란시스코에 도착했을 때,

남의 집 화장실도 닦고, 농장에서 오렌지를 땄습니다. 오렌지 하나를 따더라도 내 일처럼 최선을 다했습니다. 그러자 농장주도 저를 인정해 주었습니다. 지금 우리에게 필요한 것은 농장주의 신뢰를 받는 일입니다."

젊은 아버지의 호소에 나이 지긋한 술고래들이 변하기 시작했다. 지저분하던 골목이 떨어진 밥알도 주워 먹을 수 있을 만큼 깨끗해졌다. 집집이 작은 화분에 꽃을 심었다. 서로 물고 뜯던 싸움도 멈추었다. 무엇보다 농장 일에 최선을 다했다. 이민자들이 정직하게 일하는 모습에, 미국 농장주들도 마음을 바꿨다.

"여러분 덕분에 수익이 많이 늘었습니다. 우리 농장에서는 대한민국 일꾼들만 고용하겠습니다."

점점 주급도 늘고, 가게도 번창하면서 사람들이 아버지를 '작은 영웅'이라 불렀다. 그러면서 친목회가 공립협회로 발전했다. 협회는 미국 이민자를 대변하는 정부기관 역할을 했다. 사람들은 아버지에게 회장직을 맡겼다. 이민자들의 대변인 역할을 하느라 아버지는 늘 바빴다.

한인 사회가 어느 정도 자리를 잡자, 아버지는 상해임시정부 일을 맡아 중국으로 떠났다. 수산이 다섯 살 때였다. 수산은 아버지가 떠나던 날의 기억을 잊지 못한다. 그때는 아버지의 부재가 슬프거나 애달프지 않았다. 아버지를 으레 집을 비우는 사람으로 생각했다.

열한 살이 되어 만난 아버지는 이미 가족만의 아버지가 아니었다.

"여러분이 십시일반 도와준 덕분에 임시정부는 각을 만들어 가고 있습니다. 각기 다른 의견을 가진 사람들이 모인 곳이라 혼란스러울 때도 있지만, 잘될 것입니다. 잃어버린 나라를 구하자는 뜻은 통하니까요."

아버지는 찾아온 사람들과 일일이 악수하며, 눈을 맞추었다. 사람들은 옥수숫가루도 내놓고, 바나나도 가져오고, 파인애플주스도 내놓았다.

"도산 선생님. 이거 아주 품질이 좋은 물건인데, 계시는 동안 꿀과 함께 드십시오. 선생님이 건강하셔야 나라가 살고, 또한 우리가 삽니다."

구호 아저씨가 꿀과 인삼이 담긴 보자기를 내놓았다.

"제가 이런 귀한 걸 받아도 됩니까. 허허. 인삼 장사는 잘되는지요?"

얼굴까지 빨개진 아버지가 사람들이 건네는 선물을 바라보았다. 엄마는 연신 고맙다며 고개를 숙였다. 그 와중에도 주방으로 가 부지런히 밥상을 차렸다. 그사이 수산은 구워 먹고 남은 청어를 꺼내 내장을 발라내는 등 생선 손질을 맡았다. 수산은 심심해하는 수라가 걱정되어 손놀림을 빨리했다.

"수라야, 언니 곧 나갈게."

사람들이 벅적거리며 아버지와 환담하는 사이, 일을 마친 필립 오빠와 학교에서 돌아온 필선 오빠도 재빠르게 주방으로 들어가 엄마를 도왔다. 늘 그렇듯, 엄마와 손발이 척척 맞는 두 오빠 덕분에 근사한 밥상이 차려졌다. 한인 사회 사람들과 흥사단 단원들은 가끔 아버지를 사이에 두고 만난 터라, 자연스럽게 어울렸다.

"와, 고향에서 먹던 된장국처럼 진짜 맛있습니다."

"김치전은 어머니가 해 주던 맛 그대로입니다."

"겉절이는 둘이 먹다 한 사람 기절해도 모를 것 같아요. 매콤새콤한 맛이 입에 착 감겨요."

"여사님 음식은 맹물도 맛있습니다."

커다란 식탁에 둘러앉은 사람들로 잔칫집 분위기가 물씬 풍겼다. 모두 향수에 젖어 말풍선을 날렸다. 한여름 밤 개구리들의 합창 소리처럼 정겨웠다. 필립과 필선, 수선과 수라는 둥근 상을 따로 차려 밥을 먹었다. 하하 호호. 모처럼 담장 너머까지 웃음소리가 울려 퍼졌다. 수산은 옆집 소피아에게 자랑하고 싶었다. 수산은 늘 사람을 불러 가든파티를 열던 소피아가 부러웠다.

"저도 객지에 나가 늘 아내가 차려 주는 밥상이 그리웠습니다. 여러분과 함께 먹으니 더 맛있네요. 최곱니다. 여러분도 맘껏 많이 드십시오."

아버지가 밥상을 차리느라 후줄근해진 엄마를 보며 말했다. 수산은 다정하면서도 그윽한 눈빛으로 말하는 아버지가 참 근사하게 느껴졌다.

"3·1운동이 있고 나서 조국은 어떻습니까? 소문으로는 일본 놈들의 행패가 더욱 심하다던데, 사실인지요?"

구호 아저씨가 입안 가득 음식을 넣은 채 물었다.

"암흑이나 마찬가지지요. 일본군보다 더 지독한 건 지주들입니다. 앞장서서 동족을 괴롭히니까요. 이럴 때일수록 청년들 교육에 힘써야 합니다. 제가 서울에 흥사단을 세우고 대성학교도 세운 이유입니다."

아버지가 등에 큰 짐을 짊어진 사람처럼 말하자, 모두 고개를 주억거렸다.

"우린 나가서 놀자."

수산은 어른들 이야기가 재미도 없지만, 왠지 땅속으로 가라앉을 것 같은 분위기가 싫었다. 수산은 수라를 데리고 나왔다. 필립 오빠가 만들어 준 토끼장 속 하얀 토끼가 반갑다는 듯 눈을 깜빡거렸다. 수산은 토끼를 볼 때마다 엄마를 닮았다고 생각했다. 오목조목 귀엽게 생긴 눈과 귀가 그렇다. 무엇보다 토끼의 부드러운 털을 만지면 기분이 좋았다. 첫눈처럼 포근한 엄마 품에 안길 때처럼.

'아버지랑 이야기하고 싶은데…. 사람들이 아버지를 놓아주질 않네. 언제나 아버지랑 맘껏 놀 수 있을까?'

수산은 건성으로 수라에게 공을 던지며 생각했다. 영원히 아버지를 갈망하며 살 것이란 운명도 모른 채. 수라는 공놀이가 재미없는지 시든 배춧잎처럼 마당 모서리에 맥없이 앉았다.

"수라야, 연못에서 금붕어 구경하자. 몇 마리인가 세어 볼까?"

수산은 수라를 데리고 연못가로 갔다. 하늘거리는 버드나무를 보자, 옛 생각이 났다. 아버지는 버드나무와 연꽃을 심어 놓은 뒤, 집을 떠났다. 상해임시정부에서 중책을 맡았다는 말을 들었지만, 어린 수산은 그 말뜻을 잘 몰랐다. 아버지가 없는 사이, 버드나무는 이파리가 땅에 닿을 만큼 흐드러졌고, 연꽃은 활짝 피었다. 나무와 정원의 꽃들이 커 가는 만큼 아버지를 향한 수산의 그리움도 깊어갔다. 담장 너머 소피아는 늘 아빠와 함께였다. 어디를 가도 가족이 동행하는 모습을 볼 때마다, 수산은 고아가 된 심정이었다. 하늘을 보아도 눈물이 나고, 예쁜 꽃을 보아도 기쁘지 않았다. 바쁜 엄마에게 아버지 이야기를 맘 놓고 할 수조차 없었다. 수산은 말없이 애어른이 되어 갔다.

아버지가 양복 차림으로 마당에 나왔다. 아버지가 없는 사이, 엄마가 온갖 푸성귀를 심어 놓은 텃밭을 바라보며 아버지는 놀라움을 금치 못했다.

"마치, 고향 텃밭 같군!"

엄마는 단 한 푼이라도 아끼기 위해, 텃밭에 배추며 상추, 고추 등을 고루 심었다. 덕분에 수산의 가족은 미국 땅에서 '한국 밥상'

을 즐길 수 있었다.

한참 텃밭을 구경한 뒤, 아버지는 버드나무를 올려다보았다.

"나 없는 동안 나무가 잘 자랐군. 그네를 매어도 끄떡없겠는걸."

아버지는 창고에 들어가 나무며 연장을 가져다 그네를 뚝딱 만들었다.

"아니, 옷이라도 갈아입고 그네를 만들든지 하죠. 뭐가 그리 급해요."

엄마가 수줍은 색시처럼 말하자, 아버지도 엄마를 향해 칭찬을 아끼지 않았다.

"온갖 푸성귀들이 보기 좋구려. 텃밭이 중요하다고 그리 강조하더니."

수산은 아빠의 말에 어릴 때 생각이 어렴풋이 났다.

아빠가 무조건 나무며 연못을 늘리려 하자, 엄마가 적극적으로 말렸다.

"아이들 간식거리라도 하게 옥수수를 심어요. 배추며 아욱도 심으면 찬거리가 되잖아요."

아버지는 아랑곳없이 구멍을 파고, 나무를 심은 뒤, 꾹꾹 밟았다. 작은 연못에는 파란 이파리가 보이는 식물을 심었다. 햇살이 아버지의 구레나룻 위에서 춤을 추었다. 어린 수산은 나무를 심는 모습이 무조건 좋았다. 허허롭던 작은 정원이 울창한 숲이 될 것만 같았다. 수산은 아버지의 숨결이 느껴지는 것만으로도 기뻤다. 그래서 나무를 심는 아버지 주위를 뱅뱅 돌다 말고 우뚝 섰다.

"아버지, 연못 위에 나비처럼 떠다니는 저 식물 이름은 뭐예요? 아버지가 심은 나무에서도 예쁜 꽃이 피나요? 이제 우리 집도 소피아네처럼 꽃동산이 되겠네요. 신나요!"

수산은 늘 옆집 소피아네 화단이 부러웠다.

"머잖아 꽃이 필 거다. 오물 위에서도 꽃을 피운다는 연꽃이란다. 어떤 환경이든 인내하며 견디다 보면 꽃을 피우는 법이지. 이건 휘어질지언정 부러지지 않는 근성을 가진 버드나무고. 너희도 그렇게 컸으면 좋겠다는 마음으로 심었다. 다음에는 버드나무 사이에 그네를 만들어 줄게."

아버지는 조용조용 자장가 부르듯 말했다. 수산은 아버지의 말을 전부 이해할 수는 없지만, 하늘을 날 듯 기뻤다. 잘생긴 외모만큼 다정다감한 아버지의 목소리를 듣는 것만으로도 행복했으므로.

"그런 깊은 뜻이 있는 줄도 모르고 타박했네요. 역시 당신은 달라요. 난 그저 당장 눈앞의 먹거리만 생각해서 이것저것 씨앗을 뿌리는 데만 급급했는데. 연꽃이 피면 참 예쁘겠어요. 하늘거리는 버드나무도 멋지겠고요."

평소 엄마는 황소처럼 씩씩하고 강했다. 그러나 아버지 앞에서는 수줍음 많은 소녀 같았다. 수산은 평소와 전혀 다른 엄마의 모습이 의아스럽긴 했지만, 왠지 달콤한 솜사탕을 입에 문 느낌이었다.

"미안하오. 혜련 당신에게는 늘 면목이 없소. 대나무 순처럼 쑥쑥 자라는 아이들 먹이고 입히고 가르치는 몫을 당신에게 다 맡긴 나는 죄인이오."

아빠는 이마의 땀을 닦으며 고해성사하듯 말했다.

"당신은 나라를 위해 더 큰일을 하는 사람이잖아요. 빼앗긴 나라를 찾는 일만큼 중요한 건 없죠. 가끔이라도 돌아와 얼굴 보여 주니 고맙죠. 아이들을 위해 나무를 심은 것만으로도 벅차고요."

엄마는 아버지 없이 밥상에 둘러앉았을 때도 늘 고마움을 표현했다. 엄마는 남의 집 가정부 일을 하면서도, 밤마다 손재봉틀로 바느질을 하느라 허리 펼 새 없이 바빴다. 그런데도 아버지를 원망해 본 적이 없다. 집안 사정을 지켜만 보던 필립 오빠도 과일 가게에 나가 돈을 벌었다. 오빠는 공부하며 돈 버느라 힘들 텐데 늘 씩씩했다. 그리고 필선 오빠에게도 다정했고, 수산과 수라를 많이 챙겼다. 어찌 보면, 필립 오빠가 가장이고, 아버지는 손님이었다. 하숙생처럼 잠시 머물다 가는 나그네랄까.

"언니는 물고기 센다면서 왜 멍하니 있는 거야?"

수라의 말에 수산은 미안한 마음으로 수라를 껴안았다.

"어머. 미안해. 아버지가 버드나무 심고, 연못 만들던 생각이 나서…."

"버드나무를 아버지가 심었어?"

"그럼. 아버지는 버드나무를 무척이나 사랑하셨어. 엄마가 그러는데 저 멀리 고국에 계신 할아버지나 고향이 그리울 때마다 버드나무를 바라보셨대."

"아버지 나무구나…. 버드나무가."

수라의 말에 수산이 빙그레 웃었다.

그때였다. 안에서 웃고 떠들며 이야기를 나누던 사람들이 우르르 몰려나왔다. 수산은 이제야 아버지를 오롯이 볼 수 있다는 생각에 신이 났다.

"도산 선생님. 미국에 계시는 동안만이라도 건강 챙기십시오."

"여사님. 잘 먹고 갑니다. 오늘 음식 최고였습니다."

왁자지껄 떠드는 소리에, 수산은 동생 손을 꼭 잡고 현관문 쪽으로 걸어갔다. 작업복 차림의 구호 아저씨가 90도 각도로 인사했다. 아버지 손에 두툼한 봉투를 건네며 우렁찬 목소리로 말했다.

"이거 적지만 나랏일 하는 데 써 주세요. 저희가 십시일반으로 걷었습니다."

"모두 힘드신데 매번 성금을 모아 주셔서 감사합니다. 여러분의 기도와 성원으로 반드시 잃어버린 나라를 구할 것입니다."

아버지 또한 사람들에게 정중하면서도 진지한 눈빛으로 인사했다.

우르르, 사람들이 다녀간 자리에 남은 건, 음식 찌꺼기와 설거지뿐이었다. 엄마와 필립 오빠는 부지런히 주방을 오가며 뒷정리하느라 바빴다. 피곤한 내색 없이 행복한 얼굴로. 수산은 온 가족이 똘똘 뭉친 야구팀 같다고 생각했다. 누구 하나 꾀부리지 않고, 힘든 일도 거뜬히 해내는 팀 말이다.

사람들은 갔지만 '독립운동'이라는 말이 수산의 귀에서 껌딱지처럼 붙어 떠나지 않았다. 서재에서 뭔가를 찾고 있는 아버지 곁으로 다가갔다. 가까이서 아버지를 실컷 보고 싶었다. 그런데 이게 웬일인가. 아버지의 등을 보는 순간, 왈칵 눈물이 쏟아졌다. 수산도 예상치 못한 일이었다. 아버지는 눈가에 눈물이 어린 딸을 보며 당황스러워 어쩔 줄 몰랐다. 수산은 안절부절못하는 아버지를 향해 따지듯 물었다.

"아버지, 대한민국이 점점 더 망해 가고 있나요? 사람들과 나누는 이야기 들었어요. 또 우릴 떠나세요? 우린 또 고아처럼 살아야 하는 건가요."

수산은 목구멍까지 차오른 눈물을 참느라 울먹이며 말했다.

"오, 예쁜 수산! 아버지가 늘 곁에 있어 주지 못해 미안하다. 아버지는 가족에게 늘 죄인이구나. 그러나 나라를 잃으면 모든 것을 잃은 것이나 마찬가지란다. 조금만 참아 주렴."

아버지는 넓은 가슴에 수산을 힘껏 껴안아 주며 달랬다. 참았던 눈물을 폭포수처럼 쏟아내는 수산을 온 가족이 숨을 죽이고 바라보았다.

"수산이 사춘기라 예민해서 그래요. 어서 쉬세요."

엄마는 수산을 데리고 나오며, 말했다.

"수산, 오늘 왜 그래? 아버지 피곤하실 텐데."

수산은 마음을 몰라 주는 엄마가 야속했다. 그러나 내색은 할 수 없었다. 웅성거리는 소리에 오빠들과 수라가 놀란 얼굴로 서 있었다.

"별일 아니다. 모두 들어가 쉬어라. 오늘 모두 수고했어. 당신도 어서 쉬세요."

엄마의 말에 각자 방으로 들어갔다. 아버지는 방에서 나와 조용히 정원으로 나갔다. 수산은 그냥 방으로 들어갈 수 없었다. 현관문을 열고 아버지 곁으로 가다 말고 걸음을 멈췄다. 세상에서 가장 고독한 모습으로 먼산바라기 중인 아버지가 너무도 낯설었다. 아버지 곁에 가면 안 될 것 같았다.

'엄마 말대로 나만의 아버지를 바라는 건 욕심일까?'

수산의 가슴에 세찬 바람이 일렁였다.

영화 같은 하루

아버지와 함께하는 일요일은 남다르다. 여름 햇빛마저도 더욱 찬란하다. 수산은 뜨거운 태양을 좋아한다. 햇볕을 쬐면, 눅눅하던 마음이 거짓말처럼 사라졌다. 수산은 아버지가 그리울 때마다 일부러 태양 아래서 빨래를 했다. 근심의 그늘이 걷히고, 잘 마른 수건처럼 마음이 뽀송뽀송해지기 때문이다.

수산에게 아버지는 태양 같은 존재였다. 태양 같은 아버지와 함께라니. 기분 좋고 벅찬 순간이다. 아버지 곁에 엄마, 그리고 필립 오빠와 필선 오빠가 앉았다. 수라도 예쁜 원피스 차림으로 식탁에 앉았다. 수산은 아버지에게 물을 따르며, 설렘을 감춘다.

"정말 오랜만이네요. 우리 가족 모두 식탁에 둘러앉은 지 말이에요. 당신 좋아하는 된장 풀어 만든 배춧국과 청어구이 했으니 많이 드세요."

엄마의 목소리 톤도 한층 높아졌다. 아버지가 먼저 수저를 들었다. 수산은 맛있게 청어를 드시는 아버지를 보니 기분이 좋았다. 유대인 아저씨가 골라 준 최고의 상품이었다.

"정말 맛있구려. 타지에서 가장 생각나는 건, 당신이 해 주는 음식의 맛과 향이었소. 특히 된장국과 청어…. 어제 손님들과 많이 먹었는데도 질리지 않는구려. 온 가족이 모여 식사하니. 감회가 깊소."

아버지는 청어 가시를 발라 하얀 속살만 수산에게 건넸다. 어젯밤 수산의 눈물 어린 호소가 마음에 걸렸던 것일까. 수산은 아버지가 건네는 생선을 새끼 참새처럼 넙죽 받아먹었다. 세 살 어린 수라는 부러운 듯, 아빠의 얼굴을 물끄러미 바라보았다. 그때였다. 엄마가 생선 가시를 일일이 가려 살과 뼈를 분리한 뒤 말했다.

"애들은 내가 챙길 테니 당신이나 편하게 식사하세요."

"당신도 같이 듭시다!"

엄마와 아버지는 대결하듯 서로를 챙겼다. 수산은 지난밤 가슴속에 불던 찬바람이 사라지고, 훈훈한 기운이 감도는 것을 느꼈다.

"필립은 역시 장남답구나. 어젯밤 보니, 엄마 설거지도 척척 도와주고. 매사에 듬직하던걸. 필선은 말없이 집안일 하는 모습이 기특하고. 수산은 엄마 심부름도 잘하고 동생도 돌봐주고…. 집 안을 환하게 하더구나. '수놓은 산'이 되라고 '수산'이라 이름을 지었는데…. 역시 이름값을 하는구나."

아버지는 일일이 이름을 불러 주며 칭찬을 아끼지 않았다.

"아버지, 수놓은 산이 되라는 뜻이 뭔가요?"

수산은 궁금한 것은 참지 못하는 편이라 돌직구로 물었다.

"수는 엄마가 옷이며 손수건에 예쁘게 놓은 자수(刺繡)할 때의 '수'고, 뫼를 뜻하는 산(山)을 쓴 거란다. 온 세상을 아름답게 수놓으며 살라는 뜻이었어. 너희는 영어가 익숙하겠지만, 한글은 꼭 배워야 한다. 나중에는 한문도 배우면 도움이 많이 될 거다."

수산은 아버지의 말을 다 이해할 수 없었다. 그러나 아버지의 사랑이 담긴 이름이라는 것만은 가슴으로 느꼈다.

"어서 밥 먹고 예배당 가야죠. 좀 일찍 가서 사람들과 인사도 하고요."

식탁 앞에서 이야기가 너무 길어진다 싶은지, 엄마가 서둘렀다. 필립 오빠와 필선 오빠가 주방에서 엄마를 도와 설거지하는 동안, 아버지는 수산과 수라의 머리를 매만져 주었다. 태어나 처음으로 아버지가 머리를 묶어 주는 순간이다. 수산은 졸린 듯 나른해지면서 기분이 몽글몽글해졌다. 안개꽃을 안은 것처럼.

수산의 가족이 대문을 나서자, 온 동네가 꽉 찬 느낌이었다. 봄 햇빛도 찬란하게 비추며 환호성을 질렀다. 아버지가 아끼는 정원의 온갖 식물과 꽃도 대가족의 외출을 환영하듯 활짝 웃었다.

예배당에 갈 때면 주로 검정 치마에 흰색 저고리를 입던 엄마도 정장을 입었다. 아버지의 깔끔한 양복 차림과 잘 어울렸다. 엄마는 연신 아버지 곁에서 무슨 말인가를 쏟아 놓았다. 지저귀는 새처럼 행복해 보였다. 남의 집 가정부로 일 다닐 때의 여장부도 아니고, 예배 마친 후 주방에서 성도들에게 음식을 만들어 줄 때와는 전혀 다르게 보였다. 마치 여선생님 같은 엄마 모습에 수산은 설렜다. 가슴이 빵빵한 풍선으로 가득 찬 것 같았다.

이민 온 사람들에게 교회는 특별한 장소다. 어른들은 고국 동포를 만나 식사도 하고 차도 마시며 담소를 나눈다. 훈훈한 정이 넘치는 쉼터다. 아이들에겐 신나게 뛰어놀며 우정을 다지는 놀이터다. 수산도 학교 친구보다는 교회에서 만난 친구들이 더 잘 통할 때가 많았다. 영어 외에 조선말이 통할 때마다 형제, 자매 같다는 생각이 들기도 했다. 수산은 교회 친구들 덕분에 외롭지 않았다. 아버지에 대한 짙은 그리움을 빼면, 늘 당당하고 명랑했다. 한인 공동체 생활이 주는 힘이었다.

예배 시간에 아버지를 발견한 사람들은 소스라치게 놀랐다. 손을 흔들거나 옆으로 다가와 손을 잡기도 했다. 예배를 마치자마자, 많은 사람이 아버지에게 몰려왔다. 모두 포로 신세에서 풀려난 군인처럼, 아버지를 반겼다.

"도산 선생님. 고국 사정이 별로 좋지 않다면서요?"

"우리만 타국에 와 평화롭게 사는 게 영 마음에 걸려요."

"나라가 언제나 독립이 될까요?"

탁구공 튀기듯 사람들은 쉴 새 없이 아버지에게 물었다. 아버지는 위엄이 넘치지만 공손한 자세로 일일이 악수하며 경청했다.

"우리 집 가서 식사라도 하시면서 계속 이야기 나누도록 할까요."

사람들이 아버지 곁을 떠날 생각을 하지 않자, 엄마가 교통정리에 나섰다. 수산은 아버지와 함께할 시간이 없다는 걸 감지한 순간, 가슴속 풍선에서 바람이 술술 빠지는 느낌이 들었다.

"그렇게 하시지요. 모두. 우리 집으로 갑시다."

아버지의 말에 사람들은 삼삼오오 차를 나눠 탔다. 피게로아 언덕 위의 집 대문을 열자, 정원을 수놓은 꽃들이 환하게 반겼다.

"필립과 필선은 고기 굽는 것 좀 도와주고…. 수산은 텃밭에서 상추며 쑥갓 좀 뜯어 올 수 있지? 아직 푸성귀가 많이 자라지는 않았지만, 가장 잘 자란 것으로 뜯어 봐. 수라도 언니 좀 도와주고."

엄마가 잽싸게 작업복으로 갈아입은 뒤, 각자 분담할 일을 지시했다. 수산은 늘 하던 일이라 익숙했다. 수라는 상추 한 잎 한 잎 딸 때마다, 손에 묻은 흙을 닦느라 바빴다. 물 한 모금 마시고 하늘 쳐다보는 병아리 같은 동생이 귀여웠다. 손님들은 엄마가 빠르게 준비한 커피와 차를 마시며 환담했다.

"선생님을 만나면 고향 부모님을 만난 것처럼 반갑습니다. 농사 짓느라 고생하시는데…. 일본 놈들이 좋은 쌀은 모두 거둬 간다면서요? 정작 농부는 피죽도 먹기 힘들다던데…. 들려오는 소식마다 속 터지는 이야기뿐이니…. 걱정입니다."

나이가 아버지와 비슷해 보이는 아저씨가, 스승님 대하듯 조심스럽게 말했다.

"걱정이 많으시지요? 조국은 지금 컴컴한 세상 맞습니다. 일본 교과서만 쓰고 이름도 일본식으로 바꿔야 하고, 농사 대부분을 공출이라는 명목으로 바쳐야 합니다. 나라를 찾기보다는 포기한 채 살아가는 사람이 점점 느는 게 문제지요. 청년들만이라도 깨어 있어야 할 것 같아 대성학교를 세워 뜻을 펼치긴 하지만⋯. 힘듭니다. 그러나 희망은 잃지 말아야지요."

아버지의 쩌렁쩌렁한 목소리가 텃밭까지 들렸다. 수산은 한 번도 가 보지 못한 대한민국이라는 나라가 어려운 상황에 빠진 것 같아 불안했다. 늘 그렇듯 사람들은 아버지의 말을 경청했다. 사람들 앞에 선 아버지는 용감한 투사 같았다.

"언니, 나도 상추 뜯을까?"

혼자 놀기 심심한지, 나풀나풀 나비처럼 수라가 다가왔다. 교회 가느라 입은 예쁜 원피스를 입은 채. 엄마의 심부름 명령이 떨어지자마자, 운동복으로 갈아입은 수산과는 영 딴판이다.

"넌 옷 버려서 안 돼. 버드나무 그네나 타고 있어. 언니도 얼른 끝내고 나올게."

"그네를 어떻게 혼자 타. 아버지가 밀어 줘야 재밌는데⋯. 그치? 언니."

어린 수라도 수산과 같은 마음이었다. 아버지와 함께 버드나무 그네도 타고, 풀도 뽑으며 도란도란 이야기 나누고 싶은데, 사람들에게 아버지를 빼앗긴 느낌 말이다.

"수산, 수라! 어서 들어와서 같이 밥 먹어야지! 많이 뜯었네. 기특하구나."

아버지가 마당까지 나와 푸성귀가 가득 담긴 바구니를 들어 주며 말했다. 수산은 아버지가 자신의 마음을 읽은 것 같아 놀라웠다.

"수산이 맏딸 노릇을 톡톡히 해요. 일 나갔다 오면, 동생 간식도 잘 챙겨 주고…. 푸성귀 뜯어다 깨끗이 씻는 것까지 맡아 한다니까요."

엄마가 아버지에게 보고하듯 전하자, 식탁에 앉아 있던 사람들도 한마디씩 거들었다. 수산은 기분이 좋으면서도 부끄러웠다.

"수산이 당찬 데가 있지. 럭비며 야구도 잘하고요. 아마 동네 남자아이들도 수산을 이기지 못할걸요. 선수로 나서도 좋을 실력이에요."

늘 아버지 곁을 떠나지 않는 장 아저씨였다. 수산은 사람들이 관심이 없는 줄 알았는데, 모든 걸 알고 있다는 게 신기했다. 수산은 소꿉놀이보다 남자아이들과 야구를 하는 게 더 재밌었다. 승부욕도 활활 타오르고. 남자아이들이 존경스러운 눈길로 바라보는 것도 재밌었다.

"아무튼 도산 선생님은 복을 타고나셨어요. 여사님이 척척 집안일 맡아서 하죠. 장대 같은 아들 둘은 엄마를 든든히 받쳐 주죠. 수라는 어찌나 귀여운지…. 한 번도 언니와 싸우거나 징징대는 모습을 못 봤어요. 예배당에서 가장 활발하게 움직이는 아이들도 도산 선생 자녀들이에요."

입에 침이 마르도록 자식 자랑을 해 주는 사람들을 보며, 엄마는 흐뭇한 미소를 지었다. 곁에 있던 아버지는 수산과 수라의 자리를 만들어 주며 대답했다.

"모두 예쁘게 봐 주시고 돌봐 주신 덕분이지요. 어서 식사하세요."

아버지의 말에 엄마가 나서서 거들었다.

"옛 생각 하며 시래기 된장국 끓였어요. 청어도 무 넣고 졸였으니 맛있게 드세요. 고기는 쌈 싸서 드시고요."

엄마는 푸짐하게 음식을 차려 대접하는 걸 즐겼다. 평소에는 싼고기도 돈 아끼느라 식탁에 올린 적이 없다. 그러나 한인 사회나아버지를 찾아온 사람들을 위해서는 언제나 풍성하게 음식을 차렸다. 수산은 그 또한 이해할 수 없었다. 아버지나 엄마의 깊은 뜻을 이해하기엔 너무 어렸다는 걸, 훗날 알았지만.

"이 여사님 음식 맛은 최고죠. 된장도 직접 담그고 고추장도 담그는 걸 보고는 놀랐다니까요. 밤낮으로 일하면서 말입니다. 텃밭에서 나는 푸성귀도 참 많이 얻어먹었지요. 여사님은 이민 온 한인세대의 대모이자 성모님이세요. 시래기 된장국! 말만 들어도 목젖이 아프네요. 고향 생각나요."

수산의 집에 자주 오는 아주머니의 칭찬에 아버지는 흐뭇한 미소를 지었다.

아버지는 식사 내내, 수산과 수라 앞으로 반찬을 옮겨 주거나, 생선 뼈를 발라 주는 등 세심하게 살폈다. 수산은 아버지의 관심을 받으며 밥을 먹는 것 자체가 행복했다. 엄마도 수산과 똑같은 것 같았다. 한시도 식탁에 앉아 있지 않고, 계속 부족한 음식을 채우고, 물이며 커피 등을 준비하느라 분주하면서도, 얼굴에서 미소가 떠나질 않았다. 엄마도 아버지가 함께하는 모든 순간이 소중하고 기쁜 것이다. 엄마의 온몸에서 '행. 복. 해'라는 소리가 아우성을 치는 것 같았다. 미소로. 언어로. 눈빛으로. 바쁜 손놀림 속에서도.

"설거지는 우리가 할 테니, 정원에 나가 햇볕 쬐면서 차 마시세요."

역시 필립 오빠다웠다. 오빠는 언제나 엄마를 배려하고 실질적으로 집안일을 많이 돕는다. 필립 오빠 뒤에서 그림자처럼 움직이는 필선 오빠도 이미 주방에서 음식 정리 중이었다. 콧노래까지 부르며.

"그럽시다! 상해로 떠나기 전 심어 놓은 꽃들이 피었으니 구경하며 차 마실까요."

아버지도 나서서 찻잔이며, 과일 접시를 옮겼다. 그러자 아주머니 몇 분이 손사래를 쳤다. 그분들은 아버지를 영웅처럼 대했다. 아버지가 직접 과일 접시를 옮기면 큰일이라도 나는 것처럼.

나무로 만든 간이 식탁 의자도 아버지가 만든 것이다. 사람들은 식탁에 옹기종기 앉아 담소를 나누었다.

수산은 수라를 데리고 버드나무 그네 있는 곳으로 갔다.

"아버지는 지금도 어딘가를 떠돌며 버드나무를 그리워할 거야. 너희를 그리워하듯."

엄마가 늘 하던 말이었다. 오랜만에 집에 오자마자, 그네를 만들어 준 아버지. 수산과 수라의 전용 놀이터가 된 셈이다. 흐드러진 버드나무 잎을 따, 쌍둥이처럼 머리띠를 했다.

"너부터 타! 언니가 밀어 줄게."

수산의 말에 수라는 냉큼 그네에 올라탔다. 수산은 일부러 세게 밀었다. 작은 연못 위를 날 때면 떨어질까 무섭다는 것을 알기에. 동생을 놀리고 싶었다.

"와, 언니. 저기 연꽃이 피었다."

무섭기는커녕, 수라는 큰일이라도 난 듯 외쳤다.

담소를 나누던 사람들의 눈길이 일제히 수산과 수라에게 쏠렸다.

"어떻게 버드나무를 심을 생각을 하셨어요? 연꽃도 마찬가지고요. 덕분에 우린 고향 냇가나 연못에 놀러 온 기분을 느끼지만요."

나이가 가장 지긋한 아주머니가 향수에 젖은 듯한 목소리로 물었다.

"버드나무는 제가 가장 좋아하는 나무라서 심었어요. 나그네처럼 중국과 러시아 심지어는 프랑스 등을 돌며 정세를 익혀야 했지요. 그렇게 떠돌 때마다…. 제가 정원에 심은 버드나무를 떠올립니다. 미국에 와서는 고향을 생각하며 심은 나무가, 객지에서는 든든한 버팀목이 되어 준 셈이지요. 근데 두 딸이 그네를 타는 모습을 보니, 뿌듯하네요."

수산은 그네에서 내려와 아버지 이야기에 귀를 기울였다. 왠지 아버지가 말씀하실 때는 웃고 떠들어서는 안 될 것 같았다.

"선생님이 심은 연꽃도 참 이뻐요. 한인 사회에 선생님처럼 정원을 가꾸는 데 정성을 다하는 사람은 없는 듯싶어요. 덕분에 연꽃이 필 때마다 소풍을 온 것 같다니까요. 선생님이 오시니 연꽃이 더욱 풍성하게 피어나네요."

교회에서 가장 말이 많은 아저씨가 속사포를 쏘듯 빠르게 말했다.

"우리 가족이나 대한민국이나 지금 현 상황은 흙탕물이지요. 그러나 언젠가는 저 연꽃처럼 피어날 것입니다. 그 희망을 놓지 않는 게 중요합니다."

수산은 어릴 땐 어렴풋하게 들리던 아버지의 말이 조금은 이해되었다. 참고 인내하면, 꽃을 피우듯 나라도 찾고 아버지도 돌아오리라는 것을. 열한 살은 결코 적은 나이가 아니다. 나라 잃은 설움 때문에 아버지가 보헤미안이 되어 세계만방을 돌고 있다는 것쯤은 알 나이다. 그런데도 아버지의 부재는 여전히 서럽다.

땅거미가 질 즈음, 사람들이 썰물처럼 돌아갔다.

정원 담벼락 덩굴장미 위로 붉은 노을이 내려와 앉았다. 버드나무의 푸르른 이파리가 바람에 흩날리고, 연꽃이 활짝 미소를 머금었다. 더없이 평화로운 저녁이다.

오롯이 가족만이 식탁에 둘러앉았다. 엄마는 쿠키와 과일을 준비했다. 어린 수라는 아버지가 낯선지, 평소와는 달리 엄마 치마폭에 칭칭 매달렸다. 수산은 아버지의 눈을 마주 보고 싶어 식탁 건너편에 앉았다. 아버지가 포크로 과일을 집어 골고루 나눠 주었다. 아삭아삭. 과일 씹는 소리가 음악처럼 들렸다. 아무것도 입에 대지 않은 사람은 필립 오빠뿐이다. 심각하게 할 말이 있었던 게다.

"아버지 드릴 말씀이 있어요."

필립 오빠가 비장한 목소리로 말했다. 순간, 온 집안에 서늘한 바람이 일렁였다. 허브차를 마시던 아버지가 살짝 당황한 얼굴로 맏아들을 바라보았다.

"저, 배우가 되고 싶습니다."

엄마의 얼굴이 백지장처럼 변해 가는 것을 본 수산은 가슴이 철렁했다. 그러잖아도 엄마와 오빠가 이 문제로 논쟁하는 걸 보았기 때문이다.

"아버지, 흥사단 어르신들이 제가 배우가 되는 건 딴따라나 하는 짓이라며, 말려야 된다고 엄마를 설득하고 있습니다. 도산의 아들이 딴따라를 하면 안 된다는 이유지요. 엄마는 그 말에 끌려가시는 중이고요."

"아니, 그분들은 필립을 생각해서 한 말이에요. 도산의 아들이 영화배우가 되면 안 된다는 거지요. 저는 당신을 생각해서 필립을 말렸던 건데, 생각이 짧은 걸까요?"

엄마는 변명하느라 얼굴이 빨개졌다. 필립 오빠가 그동안 섭섭했던 마음을 적나라하게 털어놓았다. 아버지는 필립 오빠의 손을 잡으며 조용히, 그러나 강하게 말했다.

"필립, 네가 영화배우 하고 싶으면 해야지. 너는 당연히 그럴 능력이 있다는 것 잘 알고 있다. 배우는 딴따라가 아니라 예술가야."

필립 오빠는 아버지의 첫 마디에 환호성이라도 지를 듯, 자리에서 벌떡 일어났다.

"고맙습니다. 역시 아버지는 보통의 어르신들과 다르십니다."

필립 오빠는 아버지를 존경스러운 눈으로 바라보았다. 수산은 잘생긴 필립 오빠를 영화에서 볼 생각을 하니 어깨가 절로 으쓱댔다.

"그러나 필립아. 배우가 되더라도 진실한 인격을 갖추는 것이 우선이다. 늘 말했듯 참배나무에는 참배가 달리고, 돌배나무에는 돌배가 달린다는 것 잊지 마라. 네가 참된 마음으로 노력하면 배우로서 성공하게 될 거다."

"네, 아버지. 저는 정말 훌륭한 배우가 되고 싶습니다."

필립 오빠가 환하게 웃으며 대답을 하자, 아버지는 넓은 가슴으로 오빠를 꼭 안아 주었다.

"아버지도 큰 꿈을 안고 미국 땅을 찾았단다. 더욱더 넓은 세상에서 많이 배우고 싶었다. 그런 후 조국을 위해 쓰리라 마음먹었지. 막상 와 보니, 내 꿈만을 좇기엔 한인 사회가 너무 엉망이었다. 그래서 내 공부보다는 한인 동포들의 의식 개혁에 앞장섰던 거다. 물론 아버지도 남의 집 화장실 변기도 닦고, 농장에서 오렌지도 땄다. 그때 아버지는 노예근성이 아니라, 주인정신으로 일했다. 결국 농장 주인이 나를 믿음과 동시에 한인 사회 모두를 신뢰하더구나. 너도 그 마음으로 시작하면 된다. 무슨 일이든 진심으로. 성실히.”

“네. 아버지께서 그동안 오렌지를 따는 것도 조국을 생각하며 땄다는 말씀과 참배 이야기…. 많이 해 주셨잖아요.”

필립 오빠의 듬직한 모습도 근사하고, 인자하면서도 근엄한 모습으로 상담해 주는 아버지도 멋졌다. 또한 자랑스러웠다. 사람들이 왜 아버지 곁을 에워싸는지 알 것 같았다.

수산은 처음으로 ‘꿈’이라는 것을 생각해 보았다. 필립 오빠처럼 하고 싶은 일이 생기면 꼭 아버지와 의논할 것이라 다짐했다.

“당신, 오늘 너무 애썼어요. 얼른 쉬어야지. 내일 또 일 나갈 것 아니오.”

아버지의 말에 가족 모두 각자의 방으로 들어갔다.

방으로 들어오니, 수라는 피곤한지 곯아떨어졌다. 수산은 가만히 누워 오늘 하루를 생각했다. 영화의 한 장면 같은 하루였다.

'애국가' 눈물

아버지가 미국에 온 지 1년 반이 지났다. 쏜 화살처럼 시간이 빨리 지났다. 아버지는 여전히 사람들 속에 있었다. 일요일 예배당 가는 날에만 아버지는 가족과 함께였다. 그동안 로스앤젤레스는 많이 바뀌었다. 더는 조용한 농촌이 아니다. 영화산업이 부흥하고, 거리에는 신형 포드 자동차들이 북적거리는 신흥도시가 되었다. 낙후된 피게로아 거리도 조금씩 밝아졌다.

수산은 생일이면 유난히 빛나던 태양을 잊을 수 없다. 이번 생일에는 아버지와 함께라 더욱 의미가 깊다.

온 가족이 모인 자리에서 엄마가 뜻밖의 제안을 했다.

"아이들 생일날 당신이 함께한 건 오늘 수산 생일이 처음이네요. 마침 토요일이니 모두 샌타모니카 해변에 나가 보면 어떨까요? 미국에 온 후 소풍 나가 본 적 없잖아요. 곧 떠날 거라면서요."

하얀 쌀밥에 갖은 반찬은 물론 미역국까지 끓여 생일상을 준비한 엄마가, 느닷없이 의견을 내놓았다. 수산은 아버지가 다시 떠날 때가 되었다는 말이 콕, 가슴에 와 박혔다.

"저는 친구들이랑 샌타모니카 바닷가 놀러 간 적 있어요. 조용하고 풍광도 멋져요. 제가 안내할게요."

필립 오빠도 모처럼 쉬는 날이라 동참할 수 있다며, 환호성을 질렀다. 그림자처럼 조용히 따르기만 하던 필선 오빠의 얼굴에도 웃음꽃이 피었다.

"수산, 열한 살이 된 것을 축하해! 이제 정말 어엿한 숙녀가 되었구나! 부디 훌륭한 미국인이 되어라. 그러나 한국인의 유산을 잊지 말길 바란다."

아버지는 수산에게 평소에 늘 강조하던 말로 축하를 대신했다. 아버지는 기회가 닿을 때마다, 당신의 신념을 전했다.

"아버지, 샌타모니카 바닷가 같이 가실 거죠?"

수산은 에둘러 말하지 않았다. 엄마의 소풍 제의에 아무 말도 없이, 훈시만 하는 아버지에게 속마음을 묻고 싶었다.

"수산! 아버지도 가족 소풍 가고 싶단다. 근데 오늘 장리욱 아저씨가 집으로 오기로 했는데 어쩌지. 일 때문에 의논할 일이 있어서. 정말 미안하구나."

아버지는 몹시 미안하다는 말과 함께 수산의 뺨을 어루만져 주었다. 수산은 눈물이 나려는 걸, 억지로 참았다. 가만히 듣고 있던 엄마가 조심스럽게 묘안을 내놓았다.

"장 선생님도 같이 가면 어떨까요? 바닷가 근처에 윌슨산도 있으니. 당신과 장 선생님은 거기 올라서 이야기 나누시고요."

수산은 어쩌면 엄마가 자신보다 더 아빠와의 소풍을 기다렸을 지도 모른다는 생각이 들었다. 오빠들도 간절한 눈빛으로 아버지를 바라보았다. 수산은 아버지에게 떼라도 쓰고 싶었다. '딸 생일보다 장 선생님 만나는 일이 더 중요해요?'라고.

"아, 그것도 좋은 생각이구려! 장 선생 오면 의논해 봅시다."

"와! 아버지. 신나요."

수산과 수라는 손뼉을 치며 좋아했다. 필립 오빠와 필선 오빠도 잽싸게 방으로 들어가 나들이 준비를 했다.

"제가 당신과 장 선생님 좋아하는 김밥 쌀게요. 과일은 필립이 어제 많이 사 왔으니 됐고요. 당신은 돗자리하고 파라솔 좀 준비해 주세요. 수산은 옷 몇 가지 더 준비하고. 수라 옷도 부탁해."

엄마는 주방에서 부지런히 도시락을 준비하면서도 각자 해야 할 일을 지시했다. 엄마가 대장처럼 진두지휘하는 모습을 아버지는 흐뭇한 얼굴로 바라보았다.

"수라야, 아버지랑 바닷가 가니까 진짜 좋다. 그렇지?"

수산이 외출복으로 갈아입으며 말했다.

"언니 최고의 생일 선물이야. 축하해."

"맞아. 난 소피아가 부러웠어. 온 가족이 생일 때마다 다른 주로 소풍 가는 거. 엄마가 알면 속상할까 봐 한 번도 내색은 못 했지만."

"내 생일에도 아빠랑 소풍 가면 좋겠다. 언니."

모두 외출복 차림으로 차에 짐을 싣는데, 마침 장리욱 선생님이 들어왔다. 아버지가 계신 동안 자주 오시는 분이라 모두 친근하게 맞았다. 장 선생님은 아버지처럼 이마도 훤하고, 키도 크고 잘 생겼다. 특히 중저음의 목소리가 매력적이다. 미국 최초의 부부 이민자가 아버지와 엄마였던 것처럼, 장 선생님 역시 유학생으로 이민을 와서 아버지와 친해진 분이다. 잃어버린 나라를 구해야 한다는 신념이 통하는 친구 같았다. 수산은 장 선생님과 아버지가 이야기를 나누는 것만으로도 어렴풋이 짐작할 수 있었다.

"장 선생, 오늘 소풍 갑시다. 나도 가족과 처음 소풍이라는 걸 가볼 생각입니다. 샌타모니카 바닷가에 가족들 자리 마련해 주고, 우리는 윌슨산이나 슬슬 오르면 좋을 듯싶은데. 괜찮겠소?"

"좋지요. 근데 가족 소풍에 제가 눈치 없이 끼는 것 아닙니까?"

장 선생님도 생전 처음 야외에 나가는 것이라며 기꺼이 응했다.

샌타모니카 해변은 피게로아 집에서 그리 멀지 않았다. 아버지는 장 아저씨의 차를 탔고, 수산을 비롯해 가족은 필립 오빠의 지프에 탔다. 오빠는 운전도 멋지게 잘했다. 엄마는 수학여행 떠나는 여학생처럼 들뜬 모습이었다.

바닷가에는 소풍 나온 사람들이 제법 눈에 띄었다. 하늘은 높고 쾌청했다. 습기가 전혀 없는 터라, 바닷물은 차가워도 물놀이할 만했다.

엄마는 파라솔 밑에 도시락을 쫙 펼쳤다. 엄마의 김밥은 남달랐다. 유대인들도 엄마의 김밥을 보면, 가게를 내라고 할 정도로 인기가 많았다. 샌드위치도 특별하고, 온갖 과일들도 먹음직스럽다. 마치 뷔페 상차림을 옮겨 온 듯싶다. 엄마는 돈을 적게 들이고도 맛있게 음식을 만들 줄 아는 마술사다. 그래선지 수산은 한 번도 가난하거나 궁핍하다고 생각하지 않았다. 비록 남이 입던 옷이나 운동화를 신어도 당당할 수 있던 이유다. 엄마의 수고가 준 가장 고가의 선물이랄까.

푸른 바다 위로 물고기들이 춤을 췄다. 강렬하면서도 따뜻한 태양이 수산의 생일을 축복하듯 내리비쳤다. 엄마는 그사이, 준비해 온 생일 케이크를 접이용 식탁에 올렸다. 열한 개의 초를 정성껏 꽂은 뒤, 수산을 중앙에 서게 했다.

"생일 축하합니다."

바닷가에 수산 가족이 부르는 생일 축하 노래가 울려 퍼졌다. 수산은 힘차게 촛불을 껐다. 파도가 밀려왔다 남기고 간 하얀 물거품이 그림처럼 아름다웠다.

"이 여사님의 김밥은 어딜 가나 생각날 겁니다. 실은 고향에서도 김밥 맛은 본 적이 없습니다. 우리 때 도시락은 꽁보리밥에 계란 말이면 최고였지요. 근데 여사님은 김밥을 언제 맛보신 겁니까?"

장 선생님이 정말 궁금하다는 듯 묻자, 아버지도 한마디 거들었다.

"맞아요. 나도 고향에서 김밥이라는 것을 먹어 본 적이 없소. 미국에 와서 맛본 거지요."

수산은 늘 먹는 엄마의 김밥을 신대륙이라도 발견한 것처럼 놀라워하는 두 분이 낯설었다.

"저도 고향에서는 김밥을 먹어 본 적이 없어요. 여기 와서 다른 이민자들 민속 음식 먹어 보면서 응용한 거죠. 집에 있는 채소와 소시지 넣어서 김으로 말면 애들도 좋아하고, 영양가도 풍부하니까요. 다행히 맛있게 드셔 주셔서 고맙네요."

각자 김밥이며, 케이크, 과일 등을 한 접시씩 담아 먹으며 바닷가를 응시했다.

수산은 음식을 먹으면서도 꿈이 아닌가 싶어, 몰래 손등을 꼬집어 보았다. 꿈이라면 깨고 싶지 않았다. 하늘을 향해 점프라도 하고 싶을 만큼 기분이 좋았다.

수산은 오빠들과 수라와 함께 바닷가에서 놀았다. 수영복 대신 짧은 반바지를 입고 튜브에 바람을 넣어 물놀이했다. 엄마는 파라솔에 앉아 뒷정리한 뒤, 차를 마시며 망중한을 즐겼다. 수산은 엄마가 쉬는 모습을 보는 것이 너무도 행복했다. 일, 일, 일에 치여

사는 엄마를 볼 때마다 왠지 게을러서는 안 될 것 같았다. 엄마의 쉼은 수산의 해방이기도 했다.

윌슨산은 바닷가에서 오를 수 있는 나직한 동산이다. 아버지와 장 아저씨는 두런두런 이야기를 나누며 산을 올랐다. 물놀이하면서도 수산은 아버지의 뒷모습을 훔쳐보았다.

'아버지와 장 아저씨는 독립운동하면서 만난 사이라면서 오랜 동무 같아. 서로를 믿어 주고. 언제 만나도 반가운 친구. 나도 그런 친구가 있으면 좋겠네.'

수산은 새삼 좋은 친구를 사귀고 싶다는 생각이 들었다.

"수산! 놀다 말고 무슨 생각을 그렇게 골똘히 해?"

필립 오빠가 장난 치듯, 물을 끼얹었다. 바닷물 세례를 듬뿍 받은 후, 수라와 함께 오빠들을 공격하며 놀다 보니, 남산만 한 배가 푹 꺼졌다.

"오빠, 타임! 우리 간식 먹고 놀자!"

수산의 제의에 오빠들은 기다렸다는 듯 파라솔을 향해 달렸다. 달콤한 휴식을 취하던 엄마는 방해꾼들을 마다치 않고, 눈송이 같은 미소로 간식을 내놓았다.

"필립이 사 온 과일이 달고 맛있네. 아버지와 아저씨도 싱싱한 과일 드시면 좋을 텐데."

엄마는 그냥 지나는 말로 했을 뿐일지도 모른다. 그러나 수산은 기회다 싶었다.

"엄마, 제가 윌슨산에 다녀올게요. 과일 잘 담아 주세요."

수산이 씩씩하게 말하자, 오빠들이 엄지손가락을 세워 보이며 놀렸다.

"역시 우리 수산은 군인처럼 씩씩해서 좋아! 원더풀."

수산은 오빠들의 놀림이 싫지 않았다. 아버지가 맛있게 드실 생각을 하면, 산을 오르는 것쯤은 문제될 게 없었다. 엄마는 작은 비닐 가방에 다양한 과일과 포크를 넣어 주었다.

"룰루랄라."

콧노래까지 부르며 산을 오르자, 금세 아버지 있는 곳에 다다랐다.

그런데 지금까지의 아버지와는 영 다른 모습이었다. 돌덩이를 짊어진 것처럼 무겁고 힘겨운 얼굴이었다. 옆에서 이야기를 나누는 장리욱 아저씨도 마찬가지였다. 수산은 왠지 분위기를 깨면 안 될 것 같아 조심조심 아버지가 앉아 있는 큰 바위 곁으로 다가갔다.

그때였다. 갑자기 아버지와 장 아저씨가 바위에서 일어나 애국가를 불렀다. 쩌렁쩌렁한 목소리가 온 산을 뒤흔들었다. 맑고 청명한 하늘 위에서도 울려 퍼졌다. 저 멀리 태평양 너머 아버지의 고향까지 흘러갈 것 같았다.

동해 물과 백두산이 마르고 닳도록
하느님이 보우하사 우리나라 만세

무궁화 삼천 리 화려 강산
대한 사람 대한으로 길이 보전하세

노랫소리가 어찌나 크던지, 윌슨산의 주인인 다람쥐와 사슴 들
이 놀라 도망쳤다. 수산은 끝났나 싶어 과일 가방을 챙겼다. 그런
데 또다시 쩌렁쩌렁한 목소리가 들려왔다.

동해 물과 백두산이 마르고 닳도록-

〈올드 랭 사인〉의 멜로디에 맞추어 부르는 애국가는 수산도 잘
안다. 집에서도 늘 들었기 때문에 따라 부를 수 있었다.

하느님이 보우하사 우리나라 만세

여기까지 부르던 아버지가 갑자기 노래를 멈췄다. 그러곤 두 팔
을 높이 들고 "만세! 만세! 만세"라고 외쳤다. 장리욱 아저씨도 아
버지를 따라 만세 삼창을 했다.

수산은 사냥꾼을 마주친 사슴처럼 놀랐다. 아버지의 얼굴을 뚫
어지게 살폈다. 아뿔싸. 아버지가 눈물을 흘리고 있는 게 아닌가.
그 옆의 장리욱 아저씨도 마찬가지였다.

수산은 아버지가 눈물 흘리는 모습이 기이했다. 눈물의 의미를

알 듯 모를 듯 아리송했다. 당황스러웠다. 왠지 경건한 의식을 치르는 듯한 아버지와 아저씨의 분위기를 깰 수 없어, 수산은 조용히 산에서 내려왔다.

바닷가에서 모처럼 망중한을 즐기고 있던 엄마가 수산을 보자 깜짝 놀랐다.

"왜 과일 그릇을 그대로 갖고 오니? 아버지 못 만났어?"

"아버지가 애국가를 부르면서 눈물을 흘리셨어요. 장 아저씨도요. 왠지 아버지를 알은척할 수가 없었어요."

수산은 가슴속에 일렁이는 느낌 그대로 말했다.

"아버지가 옛 생각이 나셨나 보다. 네가 태어나기 전이지. 아버지는 필립 오빠가 태어나자마자, 대한민국으로 가셨어. 거기서 대성학교를 세워 학생들을 지도하면서도 늘 애국가를 부르셨단다. 독립을 간절히 염원하면서."

엄마는 회상에 젖은 눈빛으로 바다를 바라보았다. 그리고 긴 이야깃주머니를 풀어놓기 시작했다. 수산은 아버지가 늘 떠돌이처럼 왔다 가는 사람인 줄은 알았지만, 옛이야기는 흥미로웠다.

아버지는 이민 1세대인 한인 사회가 어느 정도 자리를 잡자, 고국에 들어가고 싶다고 했다. 엄마는 결의에 찬 아버지를 말릴 수 없어 단단히 마음먹고 보내 드렸다. 아버지는 조국에 돌아가 독립운동을 본격적으로 시작했다. 그 목적으로 대성학교를 세워 후학을 키우며 많은 사람 앞에서 연설을 거듭했다. 1909년 하얼빈역에서 안중근 의사가 이토 히로부미를 향해 총을 쏜 대사건이 일어났다. 뿔이 난 일본 경찰들은 아버지를 비롯해 독립운동가를 무차별하게 가두기 시작했다.

"아버지는 안중근 선생님이 감옥으로 끌려가는 순간, 일본 경찰의 손길이 뻗칠 줄 알았던 거야. 아버지는 차분히 학교에 나가 덜미가 잡힐 만한 서류를 다 태워 버렸단다. 이튿날, 일본 순사들이 들이닥쳐서 아버지를 잡아간 거야. 아무 증거가 없는데도 아버지는 혹독한 고문을 당했어. 후유증으로 위장병을 얻었고, 그 때문에 평생 고생이지. 아버지는 감옥에서 수시로 애국가를 눈물로 부르며 옥살이를 했어. 제자들이 감옥 밖에서 아버지의 애국가 부르는 소리를 들으며 같이 따라 부르기도 했단다. 유명한 일화야. 그만큼 아버지에게 애국가는 특별하단다."

수산은 그제야 아버지가 눈물을 왜 흘렸는지 알 것 같았다. 그렇다고 아버지의 전부를 이해할 수는 없었다.

"애국가를 부르실 때의 아버지는 완전히 다른 사람이셨어요. 그 모습을 잊을 수 없을 것 같아요."

"맞아. 아버지에게 조국은 삶 전체인지도 몰라. 몸은 지금 미국에 머물고 있지만, 마음은 조국의 독립뿐이니…."

엄마의 목소리가 유난히 젖어 들었다. 아버지를 향한 신뢰와 믿음은 강하지만, 늘 곁에 머물지 못하는 아버지에 대해 아쉬움이 담긴 목소리였다.

수산의 열한 번째 생일이 지난 후, 아버지가 떠났다. 임시정부 국무령이 되어 상해로 갈 예정이라 했다. 아버지는 떠나기 전, 그 어느 때보다 진지한 표정으로 다가왔다.

"훌륭한 미국인이 되어라. 그러나 한국인의 정신을 잊지 마라."

오빠는 물론 수라의 손까지 일일이 잡아 주며 말했다. 수산은 아버지가 늘 했던 말이기에 특별하게 생각지 않았다.

이튿날, 샌프란시스코항까지 아버지 마중을 갔던 엄마가 홀로 돌아왔다. 붉은 노을에 비친 엄마의 모습이 혼이 나간 사람 같았다. 아버지와 영원히 이별한 것처럼 쓸쓸하면서도 슬퍼 보였다. 엄마는 방에 들어서자마자 외출복도 벗지 않은 채 쓰러졌다. 그러곤 이내 죽음 같은 잠 속에 빠졌다.

수산은 엄마 걱정을 하면서도 아버지에 대해서는 별생각이 없었다. 방랑자처럼 늘 떠났다 돌아오는 아버지였기에. 당연히 언젠가 가족 곁으로 돌아오리라 믿었다. 아버지는 늘 떠도는 사람이었으므로.

막내동생 필영

아버지 없이도 남은 가족은 매일 시간의 강을 잘 건넜다.

필립 오빠는 아버지 대신 가장 노릇을 단단히 해내고, 필선 오빠 역시 엄마의 오른팔이 되어 주었다. 수산은 동생 수라의 돌보미 역할을 톡톡히 했다. 엄마 대신 먹을거리를 챙기고, 놀아 주며 친구처럼 지냈다. 그러면서도 가슴 한쪽엔 서늘한 바람이 불었다. 어릴 땐, 나그네처럼 아버지가 다녀가도, 그러려니 했지만, 이번만은 달랐다. 영화 같은 하루가 계속되길 바랐다. 그러나 아버지는 무정하게 가족을 뒤로한 채 떠났다.

엄마는 남의 집 가정부 일을 하면서도, 밤이면 세탁소에서 받아 온 수선 일을 했다. 둘둘둘. 밤이 깊도록 엄마의 재봉틀 돌리는 소리가 울려 퍼졌다. 때로는 손바느질을 새벽까지 했다. 바느질하는 엄마의 모습은 숭고했다. 한숨과 그리움 모두를 담아 한 땀 한 땀

바느질을 하는 것 같았다. 그런데도 다음 날 아침에 보면, 엄마는 전혀 피로한 내색 없이 씩씩하게 또 하루를 시작했다.

"엄마, 어젯밤 잠도 못 주무시고 일하시던데 피곤하지 않으세요?"

수산은 걱정이 되어 물었다.

"늘 하는 일인걸. 엄마 걱정하지 마."

수산은 엄마가 강철 같다는 생각이 들었다. 그러면서도 모든 짐을 엄마에게 맡기고 떠난 아버지가 원망스러웠다.

필립 오빠는 부자 동네인 베이슨 아파트 과일 가게에서 일했다. 아르바이트라기보다는 전적으로 가게 일을 도맡아 했다. 그러면서 공부도 하고, 배우가 되기 위한 기본기를 배우러 다니기도 하는 오빠를 보면서 수산은 놀라웠다. 그뿐인가. 필립 오빠의 가족 사랑은 끝이 없었다. 일 마치고 올 때마다 커다란 가방을 거실에 풀었다. 수라는 종합선물 세트를 받는 것처럼 흥분한 얼굴로 가방을 열었다. 저녁 준비를 하던 엄마도 일일이 물건을 집어 들며 말했다.

"이건 수산에게 맞는 청바지. 깨끗해서 헌것 같지 않네. 수라는 이 분홍색 원피스가 딱 맞겠다. 부자 동네에서 나온 옷이라 역시 질감이 좋고 바느질도 꼼꼼해."

수라는 엄마가 집어 주는 옷을 입어 보며, 함박웃음을 지었다. 새 옷이 아니어도 좋았다. 엄마는 고급스러운 옷이며 신발 등을 가져오는 필립 오빠가 대견해 보이는지 연신 칭찬을 아끼지 않았다.

"필립! 정말 대단해. 과일 가게에서 일하는 것도 힘들 텐데…. 재활용함에 가서 동생들 거 챙겨 오느라 얼마나 힘들었을까. 고마워. 빠듯한 살림이라, 옷이며 운동화 사 줄 여유가 없는데…. 필립이 해결해 줘서…. 얼마나 다행인지. 고마워."

엄마가 일부러 큰 목소리로 말하는 것 같았다. 부자 동네 재활용함을 뒤질 때 아들의 심정이 서글펐을 거라고 염려하는 눈치가 역력한데도 명랑한 소리를 내는 걸 보면 말이다.

"어머니. 무슨 말씀을요. 지금은 제가 남들이 입던 옷을 가져오지만. 조금만 참으세요. 훌륭한 영화배우가 되어서 우리 가족 힘들지 않게 할게요. 그때는 어머니께 최고로 좋은 옷 사 드리고, 동생들도 더 잘 챙길게요."

"난 지난번에 형이 가져온 운동화 정말 편하고 좋아. 필립 형, 최고!"

필선 오빠의 말에 모두 손뼉을 쳤다. 용감하고 저돌적이며 끼가 넘치는 필립 오빠에 비하면 필선 오빠는 얌전한 선비 같다. 또한 매사에 신중하며 열심히 좋은 책을 골라 읽는 편이다. 오빠들은 아버지의 각기 다른 모습을 반반씩 닮았다.

수산은 온 가족이 허드레옷을 놓고 백화점 물건이나 되는 것처럼 설레발인 게 못마땅했다.

"오빠는 부자 동네 쓰레기통 뒤질 때 부끄럽지 않았어? 난 솔직히 오빠가 주워 온 옷이며 가방 싫어. 아버지 없이 산다고…. 가난한 티를 팍팍 내며 살아야 해?"

수산은 아버지의 부재에 대한 불만을 엉뚱한 것으로 터트렸다.

"수산! 무슨 말이야? 오빠가 기껏 가족 생각해서 힘들게 가져온 물건들인데…. 깨끗한 물건 재활용하는 건 부끄러운 일 아니야!"

엄마가 처음으로 화를 냈다. 필립은 슬며시 수산을 데리고 정원으로 나갔다.

"수산, 네 마음 오빠는 이해해. 그러나 힘든 엄마 앞에서…. 그렇게 말하면 안 되지."

"오빠는 아르바이트하면서 공부하고 집안일도 챙기는 게 아무렇지도 않냐고? 아버지가 계시면 남의 옷 주워다 입지 않아도 되잖아."

"형편에 맞춰 사는 거지. 아버지가 없는 게 하루 이틀도 아닌데, 새삼 왜 그래?"

필립 오빠가 수산의 비꼬는 듯한 말투에 상처받은 것 같았다. 말없이 안으로 들어가려는데, 엄마가 나왔다.

"수산이 사춘기라 예민해서 그래. 필립, 기분 상하지 마라."

수산의 느닷없는 말 때문에 온 가족이 데면데면한 채, 일주일이 지났다. 하지만 서로 바빠 더는 부딪칠 일은 없었다.

어느새 가을이 성큼 다가왔다. 쪽빛 하늘은 높고 청명했으며, 텃밭에 심은 국화들이 형형색색 꽃을 피웠다. 선선한 바람을 쐬는 것만으로도 살이 찔 것 같은 계절이었다.

땅거미가 지는 저녁 어스름에, 엄마가 고기며, 생필품 등을 잔뜩 사 들고 왔다. 수산은 숙제를 끝낸 뒤, 수라와 먹을 간식을 준비하다 말고 깜짝 놀랐다. 엄마의 배가 소처럼 불룩 나온 게 아닌가! 평소와는 달리 몸에 착 달라붙는 옷을 입어 더욱 선명하게 나타났다. 느낌이 묘했다. 갑자기 엄마가 달나라를 다녀왔나 싶었다.

"엄마, 배가 왜 그래요? 어디 아파요?"

수산은 요즘 들어 식은땀도 많이 흘리고, 힘겨워하던 엄마 모습을 떠올리며 걱정스럽게 물었다.

"수산, 엄마 괜찮아. 이따 오빠들 들어온 다음 이야기해 줄게."

엄마는 사 온 물건을 정리하며 차분한 목소리로 말했다. 저녁 식사 준비가 끝날 즈음, 오빠들이 들어왔다. 수산은 얼른 식탁에 음식을 차렸다. 묵은지 넣고 끓인 김치찌개가 먹음직스러웠다. 덕분에 가라앉은 집안 분위기가 활기를 되찾았다. 아버지가 떠난 뒤, 한 번도 굽지 않던 청어도 식탁에 올랐다.

필립 오빠와 필선 오빠는 배가 고픈지 허겁지겁 밥을 먹었다. 수산은 엄마의 말이 떨어질 때를 은근히 기다리느라, 애꿎은 청어 구이만 뒤척였다.

"엄마가 할 말이 있어! 진즉 말하려 했는데, 너희들 걱정할까 봐…. 말 못 했어. 실은 다음 달에 동생이 태어난단다. 너희에게 잘 부탁한다."

엄마가 이마의 땀을 닦으며, 아무렇지 않은 척 말했다. 수산은 엄마의 말을 듣는 순간 묘하게 스치던 예감의 의미를 알 것 같았다.

'아버지는 지금 우리 앞에 없는데. 느닷없이 동생이 태어나다니.'

수산은 망치로 세게 맞은 기분이었다. 갑자기 엄마를 동생에게 빼앗길 것 같기도 하고, 아버지 없이 동생을 낳을 엄마가 왠지 가련해 보이기도 했다. 딱히 표현하기는 어렵지만, 안개에 휩싸인 느낌이었다.

"어머니. 축하합니다. 저보다 열여섯 살 어린 동생이 기대됩니다. 무리하지 마세요. 제가 더 많이 도와 드릴게요. 실은 전 눈치챘어요. 어머니가 말씀하실 때까지 기다렸지요."

필립은 맏아들다웠다. 오빠의 말에 엄마의 얼굴에 드리운 근심의 그늘이 가시는 느낌이었다.

"어머, 내 동생이 생기는 거예요? 내가 그네도 태워 주고 잘 데리고 놀게요."

수라는 선물을 받은 듯, 반겼다.

"모두 고맙다. 새삼 처음 필립을 낳을 때가 생각나는구나."

엄마는 청어 뼈를 바르며 옛이야기를 들려주었다. 필립 오빠는 처음 듣는 말인 듯, 다소 긴장한 얼굴로 엄마를 바라보았다.

"이민을 올 때만 해도 아버지와 엄마는 얼른 공부 마치고, 조국에 돌아가 교육에 헌신하기로 했단다. 막상 미국에 와 보니 한인 사회가 엉망이었단 말은 많이 들려주었지? 아버지는 한인 사회의 변혁을 위해 하던 공부마저 미루었어. 한인 공동체를 위한 공립협회를 만들고, 회장까지 맡으면서 아버지는 정신없었지. 신문을 발행해서 쿠바나 러시아에 있는 동포들과도 연대하느라 눈코 뜰 새 없이 바빴단다. 엄마는 영어 공부하던 것마저 그만두었어. 남의 집 가정부 일을 해야만 했고, 사는 게 너무 빡빡해서인지 미국 온 지 3년 만에 필립이 생긴 거야. 아이를 낳을 때까지, 세탁소에서 빨랫감을 받아다 일하고, 쉴 틈이 없었어. 하지만 이민 세대가 다 하는 일이라 서럽거나 특별하진 않았단다."

엄마가 회상에 젖은 눈으로 조용히 말하자, 필립 오빠는 눈을 지그시 감았다.

"그때 아버지는 일 안 하셨어요? 왜 엄마 혼자 가정부 일을 하셨어요?"

수라가 끼어들었다. 엄마는 아랑곳없이 다음 말을 이어 나갔다.

"아버지도 처음에는 끊임없이 일했단다. 남의 집 화장실 청소도 하고, 농장에서 허드렛일도 많이 했지. 그러나 공립협회장 직을 맡으면서는 못 한 거야. 엄마는 아버지가 큰일을 할 사람이라는 것을 알았어. 실은 아버지는 결혼할 생각이 없었어. 공부 마치고 조국에 돌아가 큰일을 할 생각이었지. 그런데 외할아버지와 할아버지가 결혼을 적극적으로 권한 거고. 엄마도 아버지를 붙잡고 싶었어. 그때부터 아버지는 큰일을 할 사람이라는 것을 알았지. 유학을 오기 전부터 생각했던 거니까…. 아버지는 엄마 혼자 일하는 것을 늘 가슴 아파했어. 그러나 협회 일이 이민자들의 대변자 역할까지 해야 하니까…. 회장으로서 책임감이 컸던 거지."

엄마는 변명이라도 하듯 목청을 높였다. 가만히 이야기를 듣던 수라가 불쑥 한마디 했다.

"그때도 가난했겠네요. 지금처럼요. 우리 집 가난하잖아요. 헌 옷이며 낡은 운동화만 신잖아요. 난 그래도 우리 집이 부자 같아요."

수라의 맹랑한 말에 모두 웃고 말았다. 수산만은 예외였다.

"수라 말대로 가난했단다. 필립 오빠를 낳아야 하는데 병원 갈 돈이 없는 거야. 미국 병원은 아기 낳는 데 돈이 많이 들기로 유명했거든. 할 수 없이 집에서 낳기로 마음먹고 만반의 준비를 했지. 아버지는 그날도 협회 일로 새벽에 나가서 얼굴조차 보이지 않고…. 그런데 마침 교회 식구가 집에 들른 거야. 사색이 된 엄마를 부랴부랴 교회 구제관으로 데려가서, 아기를 받아 준 거지. 필립은 그렇게 온 교회 사람들의 관심과 사랑으로 태어났단다."

"어머니, 고맙습니다. 그리고 고생하셨습니다. 동생 태어나는 것은 걱정하지 마세요. 동생 낳으실 때는 제가 병원으로 모실게요."

필립 오빠가 무릎을 꿇을 태세로 엄마의 손을 잡으며 말했다. 엄마는 너무 감격해서 말을 잇지 못했다.

"나라를 구하겠다고 떠나는 아버지한테도 짐이 될까 봐 두려워 말하지 못했다. 그러다 결국 샌프란시스코항에서 배 타기 바로 직전에 고백했는데, 지금 생각하면 후회된단다. 독립운동을 하는 아버지에게 마음의 짐을 안겨 드린 것 같아서⋯."

"제가 아버지께 편지해 드릴게요. 걱정하지 마시고 아버지 건강부디 챙기시라고요."

이번에는 필선 오빠가 나섰다. 수산은 은근히 자신의 출생 이야기도 듣고 싶었다.

"엄마, 그럼 나도 교회 구제관에서 낳았어요? 그때도 아빠가 없었어요?"

당돌하다 싶을 만큼 돌직구로 묻는 수산을 보며, 엄마는 소리 없이 웃었다.

"아버지는 미국에 살건, 상해에 머물건, 늘 조국이 먼저였지. 엄마는 늘 '이천만의 아버지'와 산다고 생각했단다. 나라를 구한다는 것은 아무나 할 수 있는 일은 아니거든. 아버지도 수산, 너를 낳는 순간, 곁에 있고 싶어 했어. 그러나 마음뿐이었지. 엄마 또한 그 마음만으로도 충분했고. 너희 모두 잘 자라고 있잖아."

수산은 엄마가 아무리 아버지를 옹호하는 말을 해도, 내심 서운했다.

"아버지는 우리만의 아버지가 아닌 것 같아요!"

수산의 말에 갑자기 온 집 안에 냉각기가 돌아가는 것 같았다. 엄마는 몹시 힘든지, 뒤뚱거리며 방으로 들어갔다. 필립과 필선이 주방을 정리하는 사이, 수산은 방으로 들어와 침대 속으로 파고 들어갔다.

'아버지는 내가 태어나는 날에도 사람들 속에 있었다니…. 너무 무책임한 거 아닌가! 고아도 아닌데…. 엄마 뱃속의 동생도 마찬가지 아냐!'

솔직히 엄마에게 축하한다고 말할 수 없었다. 거짓으로라도 마음을 숨기는 일이 쉽지 않았다.

엄마의 배는 점점 더 불렀다. 걷는 것조차 버거워 보였다. 그렇다고 일을 쉬지 못했다. 엄마는 하마처럼 뒤뚱거리면서도 할 일을 다 했다.

수산은 학교에서 돌아오면, 수라를 돌보는 일이 숙제처럼 느껴질 때가 있었다. 특히 학교에서 친구들이 야구를 하며 놀자는 제의를 거절해야만 할 때, 슬펐다. 야구는 수산이 제일 좋아하는 운동이며, 또한 자신을 가장 빛나게 해 준다는 것을 잘 알기에.

"수산, 너 야구 잘한다고 으스대는 거지? 너랑 편 먹으면 게임 멋지게 이길 텐데…."

같은 반 친구들이 수업이 끝날 때마다 하는 말이었다.

"미안해. 나도 너희와 야구 하고 싶어. 근데 난 집에 빨리 가야해. 돌봐야 할 동생이 있거든."

수산은 있는 그대로 당당하게 말했다.

"그럼 동생 데리고 와서 같이 놀자."

가장 끈질기게 달라붙는 마이클 말에 힘입어, 수라를 데리고 운동장으로 갔다. 놀이터에 수라를 혼자 놔두고, 야구를 하는 건 전혀 즐겁지 않았다. 동생도 인정사정없이 징징댔다. 차라리 집에서 그네 타며 동생과 둘이 노는 게 나을 것 같았다.

'진짜 야구 좋아하는데…. 맘대로 시간도 낼 수 없고…. 이 모든 게 아버지 탓이라고.'

그런 생각을 하며 속으로 툴툴거리고 있는데, 엄마가 마당으로 들어섰다. 그런데 뭔가 분위기가 심상치 않았다. 금방이라도 주저앉을 듯 엉거주춤한 상태로 머뭇거렸다.

수산은 당황해서 무엇을 어찌해야 할지 몰랐다.

"수산! 엄마 지금 병원에 가야 해. 필립 오빠 곧 올 거니까…. 방 안에 엄마가 짐 싸 놓은 여행 가방 갖고 병원으로 오라고 해. 수라 좀 잘 챙기고…."

엄마가 통증을 참으며 배를 움켜쥔 채 심호흡했다. 잠시 후, 엄마는 택시를 타고 병원을 향해 떠났다. 집이 텅 빈 느낌이었다.

수산은 가만히 서서 언덕 아래를 오래도록 바라보았다. 뭐라 형언할 수 없는 기분이었다. 아주 솔직히 말하자면, 무섭고 두려웠다. 엄마 혼자 아기를 낳는다는 것이 마치 '죽으러 가는 순간'처럼 느껴졌다. 수산은 속으로 보이지 않는 아버지를 향해 외쳤다.

"아버지, 지금 엄마 곁에 계셔야 하는 것 아닌가요?"

수산의 무거운 마음과는 달리, 가을 하늘은 높고 쾌청했다. 파란 물감을 뿌려 놓은 것처럼 푸르른 하늘처럼, 듬직한 동생이 태어났다는 소식은 다음 날 밤에 날아들었다.

"수산! 남동생 얼굴 보러 가자. 오늘 주말이니까 같이 병원에 가 보자."

필립 오빠는 얼마 전에 영화사 오디션에 뽑힌 상태다. 영화배우로의 길이 열려서인지, 오빠는 더욱 멋져 보였다. 기획사에서 대여해 준 자동차도 태양처럼 빛났다. 수산과 수라는 필립 오빠의 자동차를 타고 병원으로 갔다. 낯설지만 분홍 궁전 같은 곳으로 들어가자 엄마가 침대에 누워 있었다. 얼굴이 붓고, 환자복을 입은 엄마가 수산을 보자 반겼다.

"엄마!"

수산이 말없이 엄마의 품에 안겼다. 곧이어 수라도 엄마를 불렀다.

"아기 보러 갈까?"

엄마를 따라 영아실로 가면서도 연신 두리번거렸다. 유리창 너머로 아기들 모습이 보였다. 가슴이 쿵쾅거렸다. 지금까지 가슴속에 품었던 온갖 사념들이 사라지고 설렘만이 남았다.

이혜련 님의 아들

팻말이 있는 유리창 앞에 섰다. 요람에 누운 아기 중 유일하게 황색 피부를 가진 아기가 꼬물거리고 있었다. 온몸을 흰 포대로 감싼 채, 하얀 손만 보였다. 목련 봉오리처럼 생긴 아기의 손을 잡아 보고 싶었다. 꿈을 꾸는 것 같았다. 더없이 귀엽고 예뻤다. 수산은 괜히 엄마에게 심통을 부렸다는 생각이 들었다.

"필영이야. 아기 이름은. 아버지가 편지로 이름을 지어 보냈단다."

유리창 밖에서 본 동생은 세상에서 가장 예쁘고 아름다우며 귀여운 아기였다.

"엄마, 괜찮아요?"

수산은 울컥, 목울대가 출렁거렸다. 그러나 애써 담담한 척, 엄마의 손을 잡았다. 아버지 없이 아기를 낳은 엄마가 한없이 작아 보였다. 수산은 엄마 몰래 눈가에 흐르는 눈물을 훔쳤다.

집으로 돌아오며, 수산은 태평양 저 너머에 있는 아버지를 향해 속으로 외쳤다.

'아버지, 너무하신 거 아닌가요?'

엄마의 편지함

미국 사회 전체가 술렁거렸다. 대공황이 남긴 흔적은 어디에서나 볼 수 있었다. 일자리를 잃은 사람들이 거리를 배회했다. 물가는 하늘 높은 줄 모르고 치솟았다. 이민자 사회 역시 타격이 컸다. 교회 공동체에서 먹는 식단부터 달라졌다. 반찬 수가 점점 줄더니, 급기야 우유 하나로 끝날 때가 많았다.

수산의 집 역시 가난의 굴레를 벗어날 기미가 보이지 않았다. 엄마는 일하며 자식 챙기느라 늘 종종걸음이었다. 대학생, 고등학생, 초등학생 등 줄줄이 학교에 다니는 자녀들 때문에 매일 돈과의 전쟁이었다. 하루 벌어 하루를 살아내는 삶이었다. 그런데도 엄마는 여전히 흥사단 사람들이나 한인 가족에게 최선을 다해 음식을 대접했다. 엄마는 그것만이 독립을 위해 애쓰는 아버지를 돕는 것이라 했다. 특히 김치를 많이 담갔다. 협회 사람들이나 한인 가족에게 나눠 주기 위해서다.

'여사님은 우리의 대모.'

협회나 이민자들이 김치 대신 남기고 간 말이다. 엄마는 그 말을 들을 때마다 뿌듯해 했다. 살림은 늘 빠듯했다. 그런데도 엄마의 얼굴에는 궁색한 티가 없었다. 오히려 무엇이든 나누어 줄 때 광채가 났다. 수산은 엄마의 대범함에 수시로 놀라곤 했다. 나뭇등걸처럼 거칠어진 엄마의 손을 볼 때마다 가슴 아팠다. 아픈 만큼 아버지의 부재가 크게 느껴졌다.

엄마는 여유가 없는 삶이지만 결단을 내린 것 같았다.

"그동안 조금씩 모아 놓은 돈과 대출을 해서라도 가게를 내려고 해. 과일 가게를 해 볼까 하는데…. 필립이 많이 도와줄 거지?"

주말 저녁, 엄마가 온 가족이 모여 식사를 하는 자리에서 폭탄선언을 했다. 모두 손뼉을 치며 환호했다. 수산은 대출이라는 말에 겁이 났다. 불황이라 걱정이 앞섰다. 힘겹게 가게를 차렸다 빚만 지고 허덕이는 사람들을 많이 보았기에. 그러나 엄마에겐 응원이 보약이란 생각이 들었다.

"그동안 엄마가 메뚜기처럼 온갖 허드렛일하는 거 보며, 마음 아팠어요. 엄마가 한자리에서 장사하게 된 건 다행 같아요. 빚지고 하는 거라. 걱정이지만요."

"역시 수산은 생각이 깊어. 괜찮아. 열심히 해서 빚 빨리 갚을 거야."

엄마는 긍정의 달인이었다. 수산은 엄마를 믿기로 마음먹었다.

과일 가게를 차리는 데는 필립 오빠 도움이 컸다. 장사할 자리를 찾는 것에서부터 과일 도매상 연결 등 꼼꼼히 챙겼다. 덕분에 엄마는 작은 가게지만, 있을 건 다 있도록 개점 준비를 해 나갔다.

"어머니, 이제 우리도 삶은 캐비지로 아침 때우고, 포테이토 삶아 저녁 먹고 나면 금방 배가 고파 잠 못 자는 가난은 벗어나겠지요. 배고픈 것처럼 서글픈 건 없는 것 같아요. 저도 열심히 연기할게요. 동생들도 교대로 어머니를 도울 거예요."

이미 영화배우로 활동하는 필립의 말에 모두 고개를 끄덕였다.

"필립이 있어서 늘 든든하다. 고마워. 앞으로 학교 갔다 오면, 필선도 가게 일 교대로 도와줄 거지? 수라도 이제 학교에 들어갔으니 동생 좀 잘 돌봐 주고…. 수산도 고등학생이라 바쁘겠지만 동생들 잘 부탁해."

엄마는 일일이 이름을 불러 가며 부탁했다. 수산은 점점 더 공부할 것도 많고, 하고 싶은 것도 많은 터라, 부담이 되는 건 어쩔 수 없었다.

"엄마, 저 하키반에 들어가려 해요. 도전해 보고 싶거든요. 대신 학교에서 돌아오면, 집안일 많이 도울게요."

수산은 미리 양해를 구해야 할 것 같았다. 오래전부터 하고 싶던 운동이기에 단호하게 말씀드릴 수밖에 없었다.

"그래. 모두 고맙다. 어서 먹고 들어가 쉬자. 엄마도 준비할 게 많으니까."

　일주일 후, 많은 사람의 기대와 축복 속에서 엄마의 과일 가게
가 문을 열었다. 유대인 과일 가게와는 변별력 있는 상품을 진열했
다. 덕분에 반응이 좋았다. 특히 열대 과일이 맛있다는 소문이 돌
면서, 다양한 국적을 가진 사람들의 발길이 끊이지 않았다. 엄마
의 주름진 얼굴에 종종 함박웃음꽃이 피었다. 그러나 늦게까지 가
게를 지키느라, 늦은 밤 식사할 때가 많았고, 각자 알아서 저녁 식
사를 해결했다. 엄마는 저녁 식사를 마치고도 식탁 앞에 자주 앉아
있었다. 뭔가 할 일이 남은 사람의 얼굴로. 수산은 낮에 일벌레처
럼 종종걸음을 치던 엄마가 잠들기 전 식탁에서 무엇인가를 쓰는
것이 못내 궁금했다.

　"엄마, 밤마다 식탁에서 뭐 하세요?"

　무엇인가를 집중해서 쓰던 엄마는 수산의 질문에 깜짝 놀라 바
라보았다.

　"왜? 물 마시러 나왔어? 엄마도 곧 들어갈 거야."

　엄마는 쓰던 종이를 뒤집어 놓으며, 수산을 가슴에 안아 주었다.
모처럼 엄마 품에 안기니 따뜻하고 좋았다.

　"편지 쓰는 중이야. 아버지가 궁금해 하실 것 같아서. 너희 이야
기와 과일 가게 차린 거…. 홍사단 소식 등 전할 게 많네. 아버지가
일본 경찰들에게 쫓긴다는 소식 들어서 걱정도 되고…."

엄마는 연애편지를 쓰다 만 소녀처럼, 수줍으면서도 아련한 눈빛으로 말했다. 불현듯 수산은 엄마와 아버지가 어떻게 만났는지 궁금했다. 사춘기 감성이 안개처럼 몽글몽글 피어오르는 순간이었다.

"아버지와는 어떻게 만나셨어요? 연애하셨어요?"

수산의 느닷없는 질문에 잠시 망설이던 엄마는 헛기침했다.

"진짜 궁금해요. 엄마."

엄마는 수줍게 미소를 지으며, 이야깃주머니를 풀어놓았다. 엄마는 긴 사연을, 짧으면서도 긴장감 넘치게 들려주었다. 새롭고 놀라운 이야기가 많았다. 외할아버지가 아버지의 서당 스승님이었다는 사실은 흥미로웠다. 엄마는 그때까지 여자라는 이유로 글조차 배우지 못했다는 말 또한 충격이었다. 엄마 성격에 밥하고 빨래하는 일만 하면서 시간을 보냈다는 게 상상이 안 됐다.

"아버지는 계몽학교 등을 열어 청년들 교육에 더 신경 쓰던 중이었어. 결혼은 생각조차 안 했지. 근데 양가 어른들이 적극적으로 나서는 걸 모면하기 위해서 꾀를 낸 거야. 신식 교육을 받은 여성이 아니면 결혼 안 하겠다고 했단다. 외할아버지는 아버지를 사위로 맞고 싶은 욕심에 엄마를 정신여고에 보낸 거지. 덕분에 엄마는 신식 교육을 받는 행운을 얻은 거야. 지식과 지혜를 얻을 수 있는 시간이 정말 좋았어. 점점 더 아버지를 이해하는 계기가 되었고."

엄마는 회상에 젖은 얼굴로 다음 이야기를 이어 갔다. 마치 꿈꾸는 소녀 같았다.

"그러니까 자유연애를 한 거네요. 서울에서 두 분 다 학교 다니며…."

수산은 미국처럼 남자와 여자가 만나 자연스럽게 연애한 건지 궁금했다.

"그런 건 아니야, 엄마와 아빠는 이미 약혼한 사이였으니까. 유교 정신이 뿌리 깊은 나라라 자유연애는 쉽지 않았지. 어쨌든, 아버지가 미국 유학 다녀와서 결혼하자는 걸 엄마가 우긴 거야. 같이 가자고. 아버지와 함께 결혼한 다음 날 미국행 배를 탈 수 있었던 것도 매우 획기적인 일이었어. 그 당시 나라 사정으로 봐서는 기적적인 일이지. 부부가 유학을 함께 간다는 사실이."

엄마의 말은 들을수록 극적이고 신비로웠다.

"내가 엄마의 적극성을 닮은 셈이네. 호호."

수산은 아버지를 덜컥 따라나선 엄마의 결단력에 탄복했다. 수산도 마음먹은 대로 도전하는 성격이 엄마와 닮았다는 생각이 들었다. 물론 아버지의 추진력과 결단력도 대단하지만.

"아버지와 엄마는 최초의 미국 유학생 부부였지만 제대로 공부는 못 했어. 막상 와서 보니 공부를 한다는 게 쉽지 않았어. 대신 엄마는 아버지가 '대한민국의 지도자'로 크길 바랐지. 너희를 잘 키우는 것이 엄마가 할 몫이고. 아버지도 수시로 일본 경찰들에게 고문받아 건강도 나빠져서…. 늘 걱정이 많았지. 그래서 일기처럼 매일 편지를 쓴단다. 물론 다 부치지는 못해. 우편료도 감당하기 힘들고. 아버지가 감옥에 있을 때는 검열이 심해서 제대로 편지가 전해지지도 않거든. 하루를 정리하는 시간이기도 해."

아버지 이야기를 할 때마다 엄마의 목소리가 잠겼다. 아버지에 대한 그리움이 얼마나 깊은지 알 것 같았다.

"어서 들어가자. 엄마도 다 썼어."

"엄마는 혼자 필영이 낳아 키우면서도 아버지가 원망스럽지 않으세요?"

수산은 오랫동안 가슴에 품었던 질문을 던졌다.

"아니. 전혀. 오히려 필영이를 볼 때마다 아버지와의 끈끈한 정을 느끼는걸. 아버지 얼굴도 못 보고 자라는 필영이에게는 미안하지만. 엄마는 아버지의 분신이 곁에 있다는 것만으로도 든든해. 너희에게 책임감도 더 많이 느끼고. 엄마는 한 번도 아버지를 나만의 남편으로 생각한 적이 없어. 수산도 그런 마음으로 아버지를 이해했으면 좋겠다."

"저는 엄마가 어쩔 수 없이 참는 건 줄 알았어요. 그래서 아빠가 원망스러울 때가 많았고요."

"오, 수산! 절대 아니야. 아까도 말했지만, 아빠는 책임질 수 없을 것 같아서 결혼을 미루려 했던 거야. 그런데 엄마가 적극적으로 따라나섰다고 했잖아. 그때부터 엄마는 아빠는 '독립투사'로 자유롭게 활동하기만 바랐어. 자랑스럽게 생각하고."

수산은 엄마의 확실한 마음을 알게 되었다. 왠지 부끄러웠다. 온몸으로 아버지를 돕고 자녀들을 키우면서도 한 톨의 원망도 없는 엄마를 보며.

수산은 방에 돌아와서도 한동안 멍하니 천장을 바라보았다.

'아, 엄마도 미국으로 유학을 올 때만 해도 공부도 하고 싶고, 자유롭게 꿈을 키우고 싶었을 텐데…. 우리 형제자매 키우느라…. 과일 장수 아줌마로 변했네…. 그런데도 절대 비관적인 생각조차 하지 않는 엄마.'

수산은 많은 생각이 들었다. 그동안 아버지가 보고 싶은 만큼, 원망도 깊었던 게 사실이다. 특히, 저녁이면 거리가 썰렁할 만큼 가족주의로 사는 미국 사회의 특성상 땅거미가 질 때면 더욱 심했다.

'엄마가 아버지를 생각하는 것만큼의 만분의 일이라도 따라야 할 텐데….'

수산은 그런 생각을 하며 화장실에 가려 거실로 나왔다. 식탁 위에 놓인 종이 상자가 눈에 띄었다. 국제우편용 우표가 붙은 편지 봉투와 함께. 지난밤 엄마가 두고 들어간 편지였다. 수산은 종이 상자 속에 무엇이 들었을지 몹시 궁금했다. 엄마가 잠들었을 방을 한참 쳐다보았다. 설레는 마음으로 종이 상자를 열었다. 상자 가득 아버지가 보낸 편지가 들어 있었다. 엄마의 비밀 편지함인 셈이었다. 수산은 정갈하면서도 깔끔한 필체를 보자, 아버지에 대한 원망은 사라지고, 반가웠다. 파도처럼 밀려오는 그리움으로 아버지의 편지를 읽었다.

나는 남편의 직분 아비의 직분을 다하지 못하여 아내와 자식들을 고생시키는 것을 생각하며 마음이 심히 괴롭습니다…. 특히 막내 필영을 혼자 낳아 키우느라 애쓰는 것을 알면서도 아무 힘도 못 보태어 미안할 뿐이외다.

내가 일찍 우리 민족에게 몸을 바치고 일하느라고 집을 돌아보지 아니하였으나 민족에게 크게 공헌한 것이 없으니 두루 생각할수록 죄송할 뿐이외다.

내가 일찍 모든 것을 희생하고 우리 민족을 위하여 일하기로 작정한 지 오래였고 가정의 행복을 희생한 지 오래였을뿐더러, 당신도 우리 민족을 위하여 희생당하는 바이라.

우리 민족의 지식, 금전, 단결의 능력이 너무도 부족한 가운데 큰 일을 지으려 하니 앞이 막막할 때가 많소이다. 당신은 필립, 필선, 수산, 수라, 필영을 공부시키어 앞날에 국가를 위하여 일을 잘하게 하시오.

언제든지 스마일!
잊지 맙시다.

수산은 읽던 편지를 가만히 상자 안에 넣은 뒤, 뚜껑을 닫았다. 자신의 의지와는 상관없이 눈가가 뜨거워졌다. 아버지의 고뇌가 절절히 느껴졌다. 남몰래 아버지를 원망했던 자신이 미웠다. 엄밀히 말해 아버지를 미워한 것이 아니라, 질투했던 것은 아닐까. 아버지의 사랑을 빼앗아 간 대한민국 사람들에게.

'엄마와 아버지는 멀리 있어도 늘 함께였구나!'

수산은 다시 방으로 들어왔지만, 잠이 오지 않았다. 아버지의 편지 내용이 계속 잔상으로 떠올랐다.

'나도 엄마처럼 아버지를 자랑스럽게 생각하는 딸이 될 수 있을까. 엄마가 아버지를 원망하지 않는데, 나는 왜 아버지에게 섭섭한 걸까?'

수산은 잠자리에 들어서도 이런저런 생각에 뒤척이다 까무룩 잠이 들었다.

이튿날 아침 밥상을 치운 뒤, 필영이 종일 먹을 간식거리며 옷 등을 챙기는 엄마를 보자, 꼭 안아 드리고 싶었다. 엄마는 종종걸음을 쳐도, 자식들에게 소홀한 점이 없다는 생각에. 철인이 아니고는 감당할 수 없는 일인데 말이다.

"엄마, 사랑해요. 존경해요."

"수산! 무슨 일 있어?"

엄마가 놀라 외치는 목소리에 모든 가족이 쳐다보며, 함께 웃었다.

"아침부터 사랑 퍼포먼스를 받았으니, 오늘 좋은 일이 많을 것 같은데."

물방울 소리처럼 통통 튀는 엄마 목소리에, 가족 모두 환한 얼굴로 하루를 시작할 수 있었다.

해바라기처럼 밝은 얼굴로 교실에 들어서자, 친구들이 의아한 얼굴로 쳐다보았다. 평소의 수산은 과묵한 편이었다. 그렇다고 우울하거나 새침데기는 아닌, 묵묵히 제 일을 해 나가는 학생이었다.

수산은 고등학생이 된 후, 여러 면에서 혼란스러웠다. 거대한 땅 미국이라는 나라에는 다양한 민족이 모여 산다. 그러나 반에서 황색 피부를 가진 사람은 수산뿐이었다. 수산은 미국에서 태어나 영어를 모국어로 쓰며 자랐기 때문에, 피부색이 다른 친구들을 볼 때도 전혀 다르다고 생각하지 않았다. 당연히 기죽어 지내는 일도 없었다. 피부색이 다른 건, 각기 얼굴이 다른 것 정도로 가볍게 생각했다. 그러나 본토박이들은 달랐다. 수산을 '이방인'으로 취급하거나 '가난한 이민자'로 볼 때가 많았다. 수산은 그런 눈길조차도 무시했다. 반응하는 것 자체가 자존감 떨어지는 일이라 생각했다.

점심시간이 지난 후, 수산이 화장실에 다녀오는데, 남학생들이 삼삼오오 모여 웃고 떠들었다. 그들은 수산을 보자 온몸을 훑으며 킥킥댔다. 기분 나빴지만, 무시했다. 문제가 생긴 건 찰나였다. 피부색이 유난히 하얀 남학생이 다가와, 슬쩍 다리를 걸었다. 수산은 넘어지지 않으려 안간힘을 썼다. 중심을 잡느라 허우적거리는 수산을 다른 남학생이 거칠게 밀치고 도망갔다. 급기야 수산이 넘어지자, 남학생들은 발까지 구르며 웃었다. 그들은 넘어진 수산을 향해 삿대질했다.

"수산, 너희 나라로 가! 너에겐 기분 나쁜 냄새가 난다고."

"코리아? 수산이 돌아갈 나라가 어딨어? 일본에 나라가 몽땅 빼앗겼다는데…."

"수산의 아빠가 빼앗긴 나라의 허수아비 지도자라며? 하하."

남학생들은 어디선가 수산에 대해 주워들은 대로 지껄였다. 수산은 이대로 참아서는 안 되겠다는 생각이 들었다. 조용히 있으면 바보 취급받을 건, 불 보듯 뻔한 사실이었다.

"나는 엄연히 미국 시민이야. 너희들과 동등하다는 말이지. 우리 아버지는 이천만 대한민국의 지도자야. 결코 허수아비가 아니라고. 나는 독립운동가의 딸이고! 내가 피부색이 다르다는 이유로 너희에게 왜 모욕을 당해야 하는데? 정식으로 너희를 학교 인권위원회에 고발하겠어!"

수산의 야무진 대응에 남학생들은 슬금슬금 자리를 피했다. 마침 다음 수업 시간이라 수산도 자리에 와 앉았다. 그러곤 결심했다.

'나라 빼앗긴 이민자의 자식이라고 절대로 부당한 대우를 받을 수 없어. 반드시 사과받아 낼 거야.'

생각에 잠겨 있는데, 남학생 셋이 다가왔다.

"수산, 미안해. 용서해 줘. 우리는 그냥 재미로 한 말이야. 우리 반에 동양 애는 수산 너 하나뿐이잖아. 그래서 호기심으로 한 말이었어. 인권 위원회만은…."

처음 수산의 발을 걸었던 남학생이 손을 내밀었다. 인권 위원회에 올라가면 부모님도 오셔야 하고, 위원회에 참석해야 하는 등 번잡한 일이 많다. 그 모든 일을 피하고 싶다는 의도가 다분히 담긴 표정이었다.

"너희가 재미로 던진 돌에 개구리는 맞아 죽을 수도 있다는 거 몰랐어?"

수산은 단호하게 말했다. 남학생들은 사색이 되어 수산의 눈치를 보았다.

"앞으로는 절대 이런 일 없을 거야. 용서해 줘."

두 번째로 밀친 남학생이 떨리는 목소리로 말했다.

수산은 짧지만 깊게 생각한 뒤 진중하게 말했다.

"처음이니까 사과받아 줄게. 하지만 앞으로는 절대 용서 못 해!"

수산도 통 크게 사과를 받아넘기고 싶었다. 일을 복잡하게 만들면, 수산 역시 작은 사람이 될 것 같았다.

수산이 용서한다는 말을 엄포로 들었던 것일까? 수업이 끝날 때까지 남학생들은 흘끔거리며 수산의 눈치를 살폈다. 실제로 인권 위원회를 찾아갈까 봐 두려워하는 것 같았다. 배포도 없는 녀석들이 허튼짓을 벌이다니. 수산은 그들을 향해 세상에서 가장 인자한 얼굴로 미소를 지었다. 마음속으로 쾌재를 부르며.

수업을 마친 뒤, 수산은 집으로 돌아가려다 말고 게시판을 뚫어져라, 살폈다. 얼마 전에 본 하키반 단원을 뽑는다는 홍보물을 찾았다. 아직 기간이 남은 상태였다. 수산은 부리나케 하키반으로 찾아갔다. 망설일 필요가 없었다. 선수들이 연습하다 말고 수산을 쳐다보았다.

"안수산입니다. 홍보물 보고 찾아왔습니다. 저도 하키 선수로 뛰고 싶습니다."

수산은 감독 앞에서 씩씩하게 말했다. 와, 선수들이 손뼉 치며 환호했다. 수산의 어깨가 절로 들썩였다.

"수산, 운동 잘해요. 감독님."

"오래전부터 하키반에 들어오고 싶었습니다. 전 야구도 잘하고, 운동은 무엇이든 관심 있습니다. 하키도 좀 해 봤는데 재밌습니다."

"이름이 수산이라고 했나? 매우 저돌적인 여학생이군! 좋아. 그 배짱이라면 선수 생활 잘할 수 있을 거야. 기대되는걸."

감독은 수산의 야심에 찬 눈동자를 한참 들여다본 뒤, 화끈하게 답했다.

"단, 선수반에 들어온 이상, 연습에 게을리하면 그날로 제명이다. 어떤 핑계도 용납되지 않는다는 거 명심하길."

“잘 알겠습니다. 믿어 주십시오.”

수산은 하키 연습장을 나오며 하늘을 올려다보았다. 뭉게구름 속에 아버지 얼굴이 나타났다 사라지곤 했다. 문득 아버지가 미국 홍사단 단원들 앞에서 하던 말이 생각났다.

동지 여러분! 우리 모두 나아갑시다. 오늘도 내일도 모레도 나아갑시다. 나아가지 않으면 죽는 것이오. 나아가면 삽니다. 나아간다고 하는 말은 곧 옛 발자국에서 떠나서 새 발자국을 디디는 것입니다.

수산은 자기도 모르게 주먹을 불끈 쥐었다.
“나는 공부든 운동이든 지지 않을 테다! 절대로.”

사진 한 장, 귀 잘린 아이

하키반에 들어간 건, 신의 한 수였다.

맘껏 뛰며 땀 흘릴 수 있는 것도 좋지만, 더 좋은 건 친구를 얻은 것이다. 소피아와는 같은 동네에 살았지만, 친구는 아니었다. 소피아는 일반 미국 사람들처럼 철저한 가족주의 집안의 딸이다. 땅거미만 지면 식구들끼리 모여 식사하고 이야기 나누다 잠드는 삶. 방학에는 몇 주씩이나 집을 비워 가며, 다른 주로 여행 갔다 돌아오는 것이 일상이었다. 수산은 달라도 너무 다른 소피아 가족의 삶이 부러울 때가 많았다. 아버지의 부재를 가장 뼈저리게 느끼게 해 주는 이웃이었다.

"소피아, 난 네가 운동을 좋아하는 줄 몰랐어. 숲속의 공주처럼 얌전하게만 생각했거든. 근데 공 잡는 모습은 완전히 달라. 그때 엄청 멋있더라."

연습을 마치고 집으로 돌아오는 길에 수산이 먼저 말을 텄다.

"나도 네가 하키반에 들어오던 날, 깜짝 놀랐어. 물론 네가 동네에서 남자애들과 야구 하는 건 몇 번 봤지만…. 하키반까지 들어올 줄은 몰랐지."

소피아가 눈을 반짝이며 말했다. 햇빛이 비친 노란 머릿결이 유난히 빛나 보였다.

"수산! 뭐 물어봐도 돼? 오랫동안 궁금했던 건데…. 너희 집에는 가끔 사람들이 북적대던데…. 이유가 뭐야? 우리 집은 늘 조용하거든. 엄마와 아빠 그리고 나뿐이니까. 친척도 별로 없고. 사람 사는 것 같은 너희 집이 늘 부러웠어."

수산은 속으로 깜짝 놀랐다. 소피아는 세상 모든 것을 다 가진 줄 알았는데 의외였다.

"어머! 그래? 난 반대로 네가 부러웠는데…. 늘 단출하면서도 가족끼리 똘똘 뭉쳐 사는 모습이…."

"우리는 가까이에 살면서 서로 너무 몰랐네."

수산은 형제자매가 다섯이나 되고, 흥사단 식구라든가 공립협회 사람들이 쉬는 날이면 집에 많이 온다는 말을 전했다. 오빠가 영화배우라는 말을 하자, 소피아는 발까지 동동 구르며 놀라워 했다. 아버지 이야기는 나중에 하기로 생각했다. 한꺼번에 다 말하면 충격이 클 것 같아서.

"다음 주말에 우리 집에 초대할게. 놀러 와. 동생들도 데리고 와도 돼."

"알았어. 우리 집에도 놀러 와. 난 동생들에게 '리틀 마더'야. 지금부터 동생들 저녁도 챙겨 줘야 하고 숙제도 봐줘야 해. 엄마는 과일 가게 하느라 바쁘시거든."

"아빠는? 내 말은 왜 엄마 혼자 과일 가게를 하는지 궁금하단 뜻이야."

소피아는 질문을 해 놓고 실수한 거 아닌가 싶어, 수산의 눈치를 보았다.

"아버지는 우리와 함께 살지 않아! 자세한 이야기는 나중에 해 줄게. 난 빨리 집에 가 봐야 해. 동생들이 기다려서."

수산의 말에 소피아는 진심으로 사과했다. 사생활을 너무 캔 것 같다며. 수산은 친구가 되기 위한 당연한 순서일 뿐, 미안할 일은 아니라고 했다. 그러나 마음이 복잡했다. 아버지의 부재에 대해, 소피아에게 설명하기가 쉽지 않았다. 길고 험난한 가족의 역사를 단 몇 마디의 말로 표현하기엔 역부족이었다.

소피아와 헤어져 언덕 위 집을 향해 걸어가는데, 이상하게 발길이 무거웠다. 대문을 열고 들어서자, 수라와 필영이 마당에서 그네를 타고 있었다. 버드나무는 매일 쑥쑥 자랐다. 담장 너머까지 파란 이파리가 늘어질 정도였다. 연꽃도 뿌리가 많이 퍼졌고, 꽃들이 탐스럽게 피었다. 소피아에게 아버지 이야기를 끝내 못한 것이 마음에 걸렸다. 수산은 버드나무 그네에 앉아, 하늘을 올려다보았다.

'아버지, 복잡한 이 마음 아십니까. 그런데도 아버지가 보고 싶습니다. 지금도 경찰에 쫓기고 계신 건가요?'

수라와 필영은 먼산바라기를 하는 수산을 보고 산타를 만난 것처럼 반겼다.

"언니, 언제 왔어? 무슨 생각을 그렇게 골똘히 해?"

수라는 수산의 눈치를 보며 조심스럽게 말했다. 일찍 철이 든 동생이 안쓰러워 수산은 활짝 웃어 보였다.

"누나 왔으니까 맛있는 간식 먹을 수 있겠네."

필영이 애교스럽게 말했다. 수산은 동생들 덕분에 무거운 마음을 훨훨 날려 버릴 수 있어 좋았다.

"배고프지? 버터 넣고 옥수수구이 해 줄까? 샌드위치 맛있게 해 줄까?"

수산은 늘 그렇듯, 동생들이 좋아하는 것으로 간식을 챙겨 주려 애쓰는 편이다.

"괜찮아. 엄마가 간식 만들어 주셨어. 배불러."

막내 필영이 말을 잘못했나 싶었다. 엄마가 해 지기 전에 집에 있을 리 없잖은가!

"수산! 이제 오니? 운동 많이 했어?"

쩌렁쩌렁하던 엄마의 목소리가 아니었다. 수산은 깜짝 놀라 엄마의 얼굴을 살폈다. 머리도 헝클어지고, 눈가가 붉어진 것을 보니, 운 것 같았다. 예감이 좋지 않았다.

"엄마, 어디 아파요? 우셨어요?"

수산이 걱정스럽게 물었다. 엄마는 말없이 안으로 들어갔다. 수산도 가방을 든 채, 엄마의 뒤를 쫓았다. 평소 엄마와는 전혀 달라 불안하고 초조했다.

분위기가 어수선해서인지 동생들도 쪼르르 따라 들어왔다. 필립 오빠는 요즘 영화 촬영이 많아져 집을 비우는 적이 많았다. 엄마는 늘 오빠가 바쁘게 사는 모습 덕분에 신명이 난다고 했다. 대학생인 필선 오빠는 아르바이트하러 가고 없었다.

"엄마, 무슨 일인지 말씀해 주세요."

수산은 옷도 갈아입지 않은 채, 엄마를 졸랐다. 가슴이 두근거렸다. 지금까지 힘들어도 내색하지 않던 엄마라 더욱 불안했다.

"아버지가 서대문 형무소에 감금되었단다. 홍사단 사람들이 다녀갔어. 그동안 아버지는 감옥에 수시로 잡혀가곤 했어. 일본 경찰의 감시에서 벗어난 적이 없으니까. 그런데 이번에는 큰 사건에 연루된 것 같구나. 고문 후유증으로 건강도 많이 나쁠 텐데⋯. 정말 걱정이다."

철렁, 가슴속에서 쇳덩이 떨어지는 소리가 들렸다. 엄마는 아버지의 어려움에 대해서는 피했다. 상해임시정부 운영이 어려워 엄마가 삯바느질해서 경비를 만들어 보내는 것도 숨겼다. 더군다나 감옥 이야기는 처음이다. 수산은 적잖이 놀랐다. 아버지가 감옥을 이웃집 드나들 듯 수시로 감금되었다니. 기가 막혔다. 아빠가 독립투사로 살아가고 있다는 것이 실감 났다. 수산은 좀 더 깊은 내막을 알고 싶었다.

"무슨 사건인데요? 엄마…. 저도 이제 알고 싶어요. 아버지의 실상을."

"상해에서 윤봉길 의사가 일본 황제의 생일 축하식에 도시락 폭탄을 던졌다는구나! 총사령관을 비롯해 열 명 정도가 죽거나 다쳤다니. 큰 사건이지. 사건의 배후로 아버지가 지목되어 체포되었단다. 오십이 넘은 나이에…."

수산은 일본 황제를 겨냥한 폭탄이니, 보통 심각한 문제가 아니리라 생각했다.

"아버지가 감옥에 있대? 언니…. 그럼…. 어떡해?"

수라가 잔뜩 긴장한 목소리로 물었다.

"일단 엄마 쉬게 해 드리자."

수산은 엄마를 방으로 안내한 뒤, 따뜻한 물을 갖고 들어갔다. 갈아입을 수 있는 편한 옷도 챙겨 드렸다. 그런데 엄마가 서랍에서 빛바랜 사진 한 장을 꺼내어 수산에게 보였다.

"일본 놈들은 정말 무섭단다. 어린아이의 귀를 단칼로 베어 놓고도 아무렇지 않게 웃고 마시는 모습 봐라. 아버지는 사진보다 더 악랄한 짓을 서슴지 않는 일본군을 잘 아는 거야. 그래서 아버지는 독립투사로 나설 수밖에 없었던 거지. 감옥에서 일본 경찰에게 당할 아버지를 생각하면 아찔하다."

평소의 엄마답지 않게 당황해 하는 모습이 역력했다. 수산은 유심히 사진을 들여다보았다. 끔찍해서 절로 눈을 감았다. 군복 입은 일본군에게 무참히 귀를 잘린 아이의 절규가 들려오는 듯싶었다.

"엄마, 일본군들의 횡포가 이 정도였어요? 대한민국 국민은 지금도 이렇게 당하면서 산다는 거네요. 저도 아버지 걱정이 많이 되네요. 이럴 때일수록 엄마가 잘 견디셔야 해요. 아버지도 그러길 바라실 거예요."

수산은 충격으로 두근거리는 가슴을 쓸어내렸다.

"수산! 엄마도 마음 다잡을 테니까. 어서 동생들 저녁 좀 챙겨 주렴."

수산은 동생들을 챙긴 뒤, 방으로 들어와 다시 사진 속 아이를 생각했다. 차가운 감옥 속에서 아버지가 견뎌 내야 할 일을 생각하니 억장이 무너졌다.

'나라 걱정만 한다고 야속하게 느낀 아버지였는데…. 내 속이 너무 좁았어.'

수산은 어찌할 줄 몰라, 좁은 방 안을 수없이 서성였다. 걱정되어 엄마 방을 몇 번이나 기웃거렸다. 엄마는 잠이 든 것 같지는 않은데, 시체처럼 누워 있었다.

오늘따라 오빠들이 늦었다. 특히 아버지처럼 믿고 따르던 필립 오빠가 기다려졌다. 엄마에게 위로가 될 사람도 큰오빠였다. 달리 연락할 방법이 없어 답답했다. 수산은 마당에 나가 아버지가 심은 버드나무를 바라보았다. 나뭇잎이 바람에 휘날렸다. 유연한 몸놀림이 근사했다. 아버지의 자태를 보는 것처럼 신비로웠다.

불현듯, 아버지에게 편지를 써야겠다는 생각이 들었다. 지금까지는 아버지에게 편지를 쓰는 일은 엄마의 몫이라고만 생각했다. 부리나케 방으로 들어갔다. 공책을 앞에 놓고 한참을 앉아 있었다. 무슨 말부터 써야 할지 막막했다. 한 줄도 못 쓰고 앉아 있는데, 필립 오빠가 들어왔고, 곧이어 필선 오빠도 들어왔다. 수산은 필립 오빠를 불러 대충 이야기를 들려주었다. 필립 오빠는 당황한 얼굴을 감춘 채, 엄마 방으로 들어갔다.

"어머니, 너무 걱정하지 마세요. 아버지는 지금까지 홀로 강하게 견뎌 오셨잖아요. 이번에도 그러실 거예요."

필립 오빠의 말에 엄마는 몸을 추스르고 거실로 나왔다.

"안중근 의거 때도 아버지는 옥살이했단다. 네가 어릴 때였지. 그땐 아버지도 젊었으니까 덜 힘들었지. 이번 사건은 워낙 중대한 일이라 아버지를 더욱 옥죄는 것 같더라. 소식에 따르면 중죄를 면치 못할 것 같다. 걱정이다. 아버지는 고문 후유증으로 식사도 제대로 못 하실 텐데."

엄마는 그늘진 얼굴로 말했다. 한마디 할 때마다 피눈물을 흘리는 것 같았다. 수산의 마음도 마찬가지였다.

"아버지가 윤봉길 선생님과 직접 관련이 있는 건가요?"

가만히 듣고 있던 필선 오빠도 궁금함을 이기지 못해 단도직입적으로 물었다.

"사건은 상해에서 났고…. 아버지는 프랑스에 연설하러 갔다 체포되었단다. 의거를 주도해 놓고 도망갔다고 의심받은 거지. 프랑스까지 일본 경찰들이 가서 아버지를 체포할 정도니. 얼마나 심각한지 짐작이 간다. 즉각 아버지는 인천으로 송환되어서. 서대문 형무소에 있다는데…. 가 볼 수도 없고…. 온 세상이 무너진 것처럼 두렵구나."

수산은 엄마 말이 거짓말 같았다. 현장에 있던 것도 아닌데, 프랑스까지 일본 경찰을 보내다니. 일본 놈들이 정말 악랄하다는 게 실감 났다. 이제야 비로소 아버지가 왜 목숨 바쳐 일본과 싸우려는지 이해되었다. 필립 오빠도 흥분이 되는지, 펄펄 뛰며 화를 냈다.

"아무리 대한민국이 일본의 속국이라지만, 이건 너무 하는 것 아닌가요! 일본 경찰들은 아버지를 잡아넣기 위한 좋은 미끼를 잡은 셈이군요. 재판도 제대로 진행될 것 같지 않네요. 미개인 같아요. 일본이란 나라는."

필립 오빠의 흥분에 가족 모두 두 주먹을 쥐었지만, 별도리가 없었다.

"아버지한테 가 보고 싶구나! 엄마는…."

엄마가 쓰러질 듯, 절규하는 목소리에 모두 할 말을 잃었다. 엄마 가슴속에 흐르는 통증을 누구보다 잘 아는 가족이기에.

"어머니, 제가 힘써 볼게요. 일단 오늘은 쉬세요."

역시 필립 오빠는 맏아들다웠다. 수산은 오빠가 고맙고 듬직했다. 거친 비바람에 휩쓸려 내려갈 것 같은 집안의 버팀목인 오빠가 없었더라면. 온 가족이 뿌리째 흔들렸을 것이다. 엄마를 비롯해 온 가족이 똘똘 뭉쳐, 아버지의 무사를 빌 수 있다는 것이, 새삼 감사한 시간이기도 했다.

"모두, 힘내자! 수산도 흔들리지 말고."

필립 오빠는 엄마를 방으로 모시고 들어가며 수산을 위로했다.

"오빠 영화 개봉했다며? 주말에 보러 가려 했는데…."

수산은 오빠가 출연한 영화 이야기로 인사를 대신 했다. 온 집안이 근심의 그늘로 가득 차 무거웠다. 수산도 한없이 가라앉는 마음을 부여잡고 방으로 들어왔다. 수산은 절절한 마음으로 편지를 쓰기 시작했다.

아버지께

저, 수산입니다. 아버지 소식 들었어요. 엄마가 아버지 걱정에 초주검이 되었어요. 그러나 아버지, 저는 엄마가 꿋꿋하게 이겨 내실 것이라 믿어요. 얼마 전에 아버지가 엄마에게 쓴 편지를 우연히 읽었어요. (실은 아버지가 보내는 편지를 흥사단 사람들과 공유할 때가 있어요. 아버지가 일본 경찰의 감시 때문에 흥사단 단원에게는 따로 편지를 쓸 수 없다고 믿는 것 같아요. 그래서 엄마에게 보내는 편지에 암호로라도 전하는 말씀이 있다고 믿는 거지요.)

아버지가 얼마나 우리 가족을 생각하는지 알게 되었어요. 저는 그것도 모르고 아버지를 대한민국 사람들에게 빼앗겼다고 서운해했지요. 이제는 아닙니다.

아버지. 솔직히 고백할게요. 저는 대한 독립을 그리 심각하게 생각지 못했어요. 그저 야구 경기를 하다 공이 풀밭에 들어간 것을 찾는 것처럼 쉽게 생각했지요. 절절하지도 간절하지도 않았어요. 아버지가 가족도 외면한 채, 나라 걱정만 하는 것을 이해할 수 없었던 이유이기도 하고요.

오늘 엄마가 보여 준 '귀 잘린 아이' 사진은 충격이었어요. 아버지가 왜 목숨 걸고 나라를 위해 싸우는지 확실히 알게 되었어요. 너무 늦게 알게 되어 죄송합니다. 아버지.

아버지가 수시로 감옥에 잡혀가야만 했고, 고문으로 몸이 많이 상하셨다는 이야기를 들으면서 반성했어요. 아버지가 목숨 걸고 찾는 '대한 독립'은 풀밭에서 야구공을 찾는 것처럼 쉬운 일이 아니라는 것을요.

이제 저도 독립투사의 딸로 살겠습니다. 휘어질지언정 부러지지 않는 버드나무처럼. 오물 속에서도 아름다운 꽃을 피우는 연꽃처럼. 아버지 말씀을 기억하면서 말입니다. 또한 아버지께서 편지마다 '언제든지 스마일'이라고 쓰신 뜻을 이제야 알 듯싶어요. 어떤 역경 속에서도 미소를 잊지 않는 것이 진정한 승리라는 것을요.

여기 걱정은 마세요. 동생 수라도 열심히 공부하고, 막내도 이제

제법 컸답니다. 엄마의 과일 가게도 안정되어 가고요. 필립 오빠
는 출연한 영화가 개봉해 호평받고 있어요. 필선 오빠는 멋진 대
학생이 되었고요.

저는 운동도 열심히 하고, 공부도 게을리하지 않고 있어요.

아버지, 부디 차가운 감옥에서도 건강 지키시길 바라요. 답장 쓰
기 힘든 상황이라는 것, 엄마에게 들었어요.

아버지. 그립습니다. 저 하늘의 별처럼 많이요.

아버지의 맏딸 수산 올림.

편지를 쓰다 보니, 희붐하게 새벽이 다가왔다. 수산은 국제우편
봉투에 주소를 쓰다 말고 망설였다. 감옥에서는 아버지에게 오는
편지 검열이 심하다는 이야기를 들었기에. 아버지를 더 힘든 상황
으로 몰까 봐 두려웠다. 밤새 마음을 다해 쓴 편지를 책상 서랍 깊
숙이 간직했다.

대한민국의 간디

수산은 어느덧 고등학교 졸업반이 되었다. 아버지는 여전히 투옥 중이다. 수산 가족은 아무런 조치도 하지 못하고 편지로 근황을 들을 뿐이었다. 매일 가시밭길을 걷는 심정이었다. 아프고 고통스러웠다.

"우리 가족이 건강하게 자기 몫을 잘하며 사는 것이 아버지를 돕는 일이란다. 아버지는 동지들과 제자들이 면회도 자주 온다니 그나마 다행이다. 아버지는 감옥에서도 늘 나라 구하는 일과 우리 가족 걱정이신 것 같더구나. 그러니 너희도 아버지 만날 때까지 잘 견디자꾸나."

다행히 엄마는 평상시의 컨디션을 찾았다. 언제나처럼 씩씩하고 당당하게 과일 가게를 운영했다. 빚도 거의 다 갚아 갔다. 바쁜 와중에도 이웃을 살뜰히 챙겼다.

엄마는 아버지가 옥중 생활을 하는 동안, 흥사단이나 공립협회 일에 더욱 적극적으로 참여했다. 아버지가 자기 공부를 포기하면서까지 한인 사회를 위해 만든 단체가 사그라드는 것을 원치 않기 때문이다.

어느 주일, 모처럼 사람들이 찾아왔다. 그동안 엄마가 힘들까 봐 사람들은 자주 찾아오지 않았다. 그러나 엄마는 늘 사람들이 찾아올 때를 기다렸다. 엄마는 된장과 고추장을 담갔다. 사람들이 워낙 '엄마표 된장찌개'를 좋아하기 때문이다. 엄마는 반갑게 손님들을 맞은 뒤, 정성껏 음식 준비를 했다.

"수산, 텃밭에 나가 배추하고 쌈 거리 좀 뽑아다 씻어 줘."

엄마의 부탁이 아니더라도, 나갈 참이었다. 수라가 바구니를 들고 따라 나왔다.

"수라는 상추하고 파프리카 좀 뜯고, 필영은 통통하고 먹음직스러운 고추 좀 따."

수산은 동생들에게 할 일을 맡겼다. '리틀 마더'의 특권이다.

"알았어, 언니. 맛있는 이파리로 뜯을게."

"누나, 빨간 고추는 매우니까 따면 안 되지?"

수산이 필립 오빠를 아버지처럼 따르듯, 필영은 수산을 진짜 '리틀 마더'로 생각하는 것 같았다. 수산은 늘 뭔가를 부탁하고, 의지하며 애교도 많은 필영이 사랑스러웠다.

속이 꽉 찬 배추를 뽑아 흙을 털고 정리했다. 동생들이 딴 쌈 거리와 함께 깨끗이 씻어 엄마에게 건넸다. 엄마는 미리 준비해 놓은 양념을 넣고 배추겉절이를 했다. 먹음직스러웠다. 된장국에 겉절이, 계란말이에 고기 없는 쌈을 내놓았다. 그런데도 사람들은 '마파람에 게 눈 감추듯' 모든 그릇을 싹싹 비웠다. 접시에 남은 양념에 밥을 넣어 비벼 먹는 사람도 있었다.

"여사님 음식은 날이 갈수록 더 맛있습니다. 비법이 무엇일까요?"

흥사단 임원 아저씨가 감격스러운 목소리로 말했다.

"특히 배추겉절이 맛이 일품입니다. 배추도 고소하고 맛있지만, 양념이 고향 맛 그대로입니다. 엄마 생각나서 더 많이 먹었습니다."

이번에는 협회 신문을 만드는 분이 입맛을 다시며 거들었다.

"여러분이 애써 주시는 수고에 비하면, 음식 한 끼 대접하는 건 아무것도 아닙니다. 언제든 집밥 그리우면 오세요."

엄마의 목소리에는 진정성이 담겨 있었다. 식사가 끝난 뒤, 담소를 나누고 돌아가는 자리에서 흥사단 아저씨가 어머니에게 하얀 봉투를 건넸다.

"도산 선생님 감옥에서 고생하시는데…. 우리만 포식해서 죄송합니다. 여사님 꿋꿋하게 내색 안 하고 살아가시는 모습 보면 존경스럽습니다. 애들도 버드나무처럼 쑥쑥 자라는 모습 고맙고요."

"이건, 대원들이 십시일반으로 조금씩 모았습니다."

《신한민보》신문을 만드시는 분도 누런 봉투를 내밀었다.

"정말 고맙습니다. 여러분이 독립운동을 위해 정기적으로 내주는 기금만으로도 고마운데…. 잘 간직했다 한꺼번에 기금으로 보내겠습니다."

사람들은 엄마가 홀로 가장 노릇 하는 것이 힘들다고 '밥값 아닌 밥값'을 전하는 것 같았다. 수산은 엄마가 그 돈을 한 푼도 안 쓰고 모았다, 독립운동 자금으로 보낸다는 것을 알고 있다. 엄마는 공과 사를 명확하게 구분하며, 아버지 대신 사람들을 섬기고 배려했다. 바쁜 와중에도 '이민 2세대'를 위한 '한글 양성 교습소' 일도 적극적으로 도왔다. 엄마는 막내 필영에게도 한글을 가르치는 것은 물론, 수산에게 받아쓰기를 지도하라고 했다. 가끔 진도를 점검하면서 필영을 칭찬해 주며 기를 살려 주었다.

밤이면 부족한 생활비를 충당하기 위해 바느질 수선을 다시 시작했다. 바느질은 엄마의 한숨을 받아 주는 친구이기도 했다. 수산은 그런 엄마가 정말 남다르다고 생각했다.

"맛있게 잘 먹고 갑니다. 힘들 때일수록 여사님 건강 챙기시고요."

사람들이 썰물처럼 나간 뒤, 엄마는 버드나무 그늘 의자에 앉았다. 하늘을 바라보는가 하면, 연못 속 물고기들과 웅얼거리며 무슨 말인가를 했다. 수산은 엄마를 방해하고 싶지 않아 안으로 들어왔다. 수라와 함께 설거지를 마친 뒤 거실 청소를 하다 신문 더미를 보았다. 아버지가 미국에 있을 때 협회 신문으로 만들던《공립신보》를《신한민보》로 이름을 바꾼 것이다.

신문을 치우려는데, 아버지 사진이 눈에 띄었다. 반가움에 신문을 들춰 보았다. 한인 사회의 이모저모가 담긴 신문에는 '도산 안창호 칼럼'이 있었다. 가위를 가져와 아버지 칼럼을 오렸다. 수산은 지금까지 아버지가 쓴 칼럼을 눈여겨본 적이 없었다. 그러나 오리면서 탐독해 보니, 보석을 발견한 기분이었다. 신문에 연재된 글은 대부분 아버지가 예전에 한 연설을 옮긴 글이거나, 옥중 편지였다. 아버지의 글은 힘이 넘쳤다. 특히 청년을 위한 글은 살아 움직이는 느낌이었다.

용기 있게 결단을 내립시다

우리는 지금 전 민족적으로 파멸의 지경에 처하여 있습니다. 우리가 만일 급히 덤비지 않으면 아주 영 멸하는 지경에 처할 것입니다. 그러니 여기 대하여 앞을 헤치고 나아가야 합니다. 방황하고 주저하고 있는 것은 공공의 적입니다.

수산은 아버지의 쩌렁쩌렁한 목소리가 들려오는 듯싶었다.
'아, 이번 디아스포라 주간 행사에는 아버지 이야기를 해야겠다.'
수산은 학교 행사에도 늘 열정적으로 참여했다. 졸업을 앞두고

'디아스포라의 현주소'라는 타이틀로 여러 행사를 준비 중이었다. 전교생 중 이민을 온 학생들이 직접 나와서 '본토' 소개도 하고, 전통 의복도 소개하는 등 각기 자기 나라를 알리는 데 목적이 있다. 나라마다 부스를 만들고, 관심 있는 학생들을 불러 모으는 것이다. 수산은 '코리아(KOREA)' 부스를 맡기로 했다. 처음에는 기본 정보를 알리는 정도로 준비할 생각이었다. 그런데 신문 스크랩을 하면서 생각이 바뀌었다. 완전 다른 방향으로 콘셉트를 잡았다. 기획안이 떠오르자, 수산의 가슴이 활화산처럼 타올랐다.

'그래. 이번 기회에 아버지를 알리는 거야. 대한민국 독립의 필요성과 함께. 일본이 얼마나 비겁하고 악질적인지도 똑바로 전해야 해.'

수산은 발표할 자료를 만들기 시작했다. 아버지의 독립운동에 관해 말하려면 일본과의 관계도 자세히 조사해야 할 것 같았다. 마음이 급했다.

아버지가 서재로 쓰던 방에 들어가, 책이며 자료집을 샅샅이 뒤졌다. 밤이 깊어 가는 줄도 모르고 주제 발표 글도 쓰고, 포스터를 만들기 위해 빳빳한 널빤지도 구했다. 색연필과 크레파스를 적절히 섞어 그림도 그리고 문구도 써서 붙였다.

나의 아버지 안창호는 '대한민국의 간디'입니다.

강단에서 연설하는 아버지 사진을 오려 붙이는 순간, 콧등이 찡했다.

'그립고 자랑스러운 아버지! 몸이 매우 편찮으시다면서요? 엄마가 늘 걱정하세요. 죄송해요. 너무 늦게 아버지를 이해한 딸을 용서하세요.'

아버지와 속으로 대화를 나누며 자료를 만드는 일이 흥미로웠다. 일본 경찰에 끌려가 감옥에 갇힌 아버지 모습이 담긴 사진은 없어서, 서대문 형무소 사진을 신문에서 찾았다.

엄마의 허락을 받아 일본군에게 '귀 잘린 아이'의 사진도 전시하기로 했다. 사진 밑에 설명문을 쓰는 내내 전율이 일었다.

대한민국을 알리기 위해 농촌 풍경에 이어 소달구지 몰고 가는 평화로운 모습을 담은 사진도 신문에서 오렸다. 엄마의 고향을 상상하는 순간이기도 했다. 이토록 궁벽한 시골에서 태평양 건너 미국까지 유학을 온 엄마의 삶이 드라마 같았다. 지금은 가장의 짐을 짊어지고 사느라, 책조차 읽을 시간이 없다니. 엄마로서가 아니라 같은 여성으로서 연민이 앞섰다. 그래서 더욱 존경스러운 엄마였다.

다행히 아버지의 서재에는 자료들이 차고 넘쳤다. 독립운동을 위한 자료 사진도 많았다. 수산은 아버지가 프랑스며, 쿠바, 러시아까지 가서 연설하고 사람들을 만나는 줄 꿈에도 몰랐다. 그런데 세계 각처를 다니며, 연설하는 사진이 꽤 많아서 놀랐다. 아버지가 바람같이 사라졌다 돌아오는 이유를 알았다.

'아버지는 진짜 나만의 아버지는 아니었구나. 이천만 동포의 지도자라는 말은 괜한 게 아니었어.'

늘 엄마가 강조하던 말이 실감 났다.

마지막으로 하얀 백지에 아버지의 연설문을 굵은 글씨로 크게 썼다. 영어와 한글을 동시에 적느라 시간이 더 걸렸지만, 뿌듯했다.

나는 밥을 먹어도 대한의 독립을 위해, 잠을 자도 대한의 독립을 위해 걸어왔다. 이것은 내 목숨이 없어질 때까지 변함이 없을 것이다.

모든 준비를 끝내고 나니 자정이 넘었다. 몸은 피곤해도 마음은 상쾌했다. 큰일을 해낸 것처럼 가뿐한 마음으로 잠깐 눈을 감았다.

일주일 후, 학교 전체가 축제 분위기로 술렁였다. 나라마다 부스가 세워졌고, 특성을 알리는 자료들이 전시되었다. 전통 음식과 전통 의복을 선보이는 코너는 인기 만점이었다. 중국, 유럽, 유대인, 아프리카 등 미국 이민 1세대가 있는 나라는 모두 참여했다.

수산이 주인장인 '코리아' 부스에도 관심을 보이는 친구가 많았다. 수산은 머잖아 고등학교 교정을 떠나는 시점에 이런 행사를 할 수 있다는 것에 자부심을 느꼈다. 이번 행사를 준비하면서 엄마의 손길이 많이 닿았다. 수산이 입은 '한복'은 엄마가 아버지와 결혼할 때 입던 혼례복이었다. 행사를 앞두고 엄마는 밤새도록 바느질을 했다. 수산이 옷보다 훨씬 크지만 품은 맞아서 수선하기가 그리 힘들지 않다고 했다. 바느질로 생계를 유지한 터라, 능숙한 솜씨로 완전히 변신한 한복을 선보였다. 엄마는 수산에게 한복을 입히며, 옷고름 매는 법이며, 치마를 끌지 않고 걷는 법 등을 가르쳤다. 수산은 거울 속 자기 모습을 황홀한 눈빛으로 바라보았다.

"엄마, 내가 진짜 대한민국의 딸이라는 게 실감 나요. 엄마의 예복을 물려 입으니 더욱요. 정말 독특하고 곱네요."

"수산! 정말 한복이 잘 어울리는구나. 엄마가 예복으로 입은 것보다 훨씬 우아하고 아름답네. 아버지가 지금 네 모습을 보면 얼마나 좋을까."

엄마는 단 한 순간도 아버지를 잊은 적이 없다는 것을 이 순간에도 드러냈다. 수산도 한복이 마음에 들었다. 특히 노란 저고리에 빨간 치마의 배색이 환상적이었다.

행사 당일 엄마와 수산은 김밥을 싸느라 밤잠을 설쳤다. 그동안 엄마 곁에서 김밥 싸는 걸 많이 도운 터라, 손발이 척척 맞았다. 어깨가 아플 정도로 김밥을 많이 말았다. 엄마는 '식혜'까지 준비해 놓았다. 이미 하루 전에 만들어 얼린 식혜는 시원하고 감칠맛이 났다. 집에서도 손이 많이 가 자주 못 먹던 전통 음료라 귀했다. 엄마는 그만큼 수산이 나서는 디아스포라 행사에 관심이 많은 듯했다.

수산은 모든 일에 열과 성을 다하는 엄마가 고마웠다.

행사장에 나타난 소피아가 수산을 보자, 입을 다물지 못했다.

"원더풀! 샛노란 저고리에 빨간 치마. 정말 놀랍다. 너무 멋져. 이름이 뭐야?"

"코리아의 전통복인 한복이야."

소피아의 환호에 수산은 볼이 뜨거워졌다. 처음으로 한복을 입어 보는 것이지만, 어색하지 않았고, 멋지다는 평을 들으니, 기분이 좋았다.

소피아는 '코리아'에 대해 관심이 많았다. 그래선지 지난 일주일간 자기 일처럼 나서서 부스 꾸미는 일을 도와주었다. 소피아는 행사장을 돌며, 엄마가 만든 김밥을 맛본 뒤 탄성을 질렀다.

"수산! 이 음식이 말로만 듣던 김밥이구나! 정말 맛있어. 온갖 재료가 듬뿍 들어가서 영양 만점이고. 식혜도 달콤하면서 뒷맛이 좋아."

소피아가 감탄을 자아냈다. 절친인 소피아의 환호에 수산도 절로 힘이 났다.

"고마워. 엄마가 모두 만드신 거야. 우리 엄마 쉬는 날 초대 한번 할게. 엄마 음식 솜씨가 좋아서 사람들이 많이 찾아와."

수산은 어깨를 으쓱대며 말했다.

"초대해 주면 달려갈게. 벌써 어머니의 음식이 기대되는걸."

소피아의 품평을 듣는 사이, 다른 학생들도 부스 안으로 삼삼오오 짝을 지어 들어왔다. 소피아가 일일이 김밥도 나눠 주고, 식혜도 권했다. 어느 정도 학생들이 모이자, 소피아가 수산을 소개했다. 그때 수산은 미리 준비한 팻말을 들고 학생들 앞에 섰다. 살짝 긴장되긴 했지만, 하키 경기에 나간 기분으로 말문을 열었다.

"저는 '코리아' 소개를 맡은 안수산입니다. 오늘 저는 아주 특별한 이야기를 전할까 합니다. 나의 아버지 안창호는 '대한민국의 간디'입니다. 코리아, 즉 대한민국의 독립을 위해 싸우다 감옥에 계십니다. 이 사진을 주목해 주십시오. 아버지는 지금도 일본군들에게 무참히 짓밟히고 있는 또 다른 '귀 잘린 아이'가 나오지 않도록 온몸으로 투쟁하고 있습니다."

일단 서두를 꺼내고 나니, 다음 말은 원고를 보지 않아도 술술 나왔다. 수산의 연설 아닌 연설을 듣던 학생들은 놀라움을 금치 못한 표정으로 한 마디씩 던졌다.

"우아! 무저항주의 간디와 같다고? 수산의 아빠가? 사진 너무 끔찍해. 일본군들이 저렇게 악랄하다고. 몰랐던 이야긴데 놀랍네."

많은 학생이 웅성댔다. 놀라움을 넘어 분노의 물결로 넘실댔다. 수산은 유난히 목소리가 크게 들리는 쪽을 바라보았다. 마이클이었다. 지금은 반이 다르지만, 수산의 발을 걸고 '너희 나라로 가라'며 시비를 걸던 남학생이다.

"수산, 정말 대단해. 넌 투사의 딸이었구나."

마이클이 존경스러운 눈으로 말했다. 의외였다.

수산은 마음을 가라앉힌 뒤, 차분하면서도 당당한 목소리로 다음 이야기를 이어 나갔다. 아버지가 살아온 긴 역사를 짧게 설명하기는 절대 쉽지 않았다. 준비한 발표문을 차분하면서도 낭랑한 목소리로 읽었다. 낭독하는 내내, 학생들은 숨을 죽이며 들었다. 누구보다 마이클이 더 열심히 들었다. 수산은 언젠가 흥사단원들 앞에서 연설하던 아버지 모습을 떠올렸다. 가슴 깊은 곳에서 알 수 없는 힘이 솟았다.

"여러분, 대한민국은 일본으로부터 속히 독립해야 합니다. 관심 가져 주십시오. 혁명가이신 아버지의 피눈물이 헛되지 않도록, 마음으로나마 빌어 주시기 바랍니다."

마지막으로 이 말을 외칠 때는 목이 잠겨 말을 잇지 못했다. 곁에서 지켜보던 소피아가 손수건을 건넸다.

"짝!"

"짝짝짝!"

수산의 웅변과도 같은 설명을 들은 학생들은 우레와 같이 손뼉을 쳤다.

"수산, 놀라워. 난 '코리아'라는 나라조차 몰랐어. 코리아가 일본의 식민지라는 사실이 너무 가슴 아파. 대단해. 1학년 때 일은 정말 미안해. 진심으로 사과할게."

마이클의 말에 학생들이 의아한 얼굴로 바라보았다.

"마이클. 고마워. 참여해 줘서. 그리고 내 아버지 이야기를 들어 줘서."

마이클과 이야기하는 사이, 다른 학생들도 한마디씩 했다.

"수산이 완전히 딴사람 같아. 특히 한복 입은 모습 멋있어."

"아버지가 속히 감옥에서 풀려나길 바라. 정말 훌륭하신 아버지를 둔 수산! 멋지다."

"학교 신문에 특종으로 내야겠어. '귀 잘린 아이' 사진 인용해도 괜찮지? 수산 아버지 사진과 함께."

학생들은 여러 면에서 깊은 관심을 보였다. 학교 신문사 기자까지 나와 취재해 갈 줄 몰랐다. 수산은 모든 것이 순조롭게 잘 끝난 것 같아 다행이라 생각했다. 주제 선정에서부터 끝마무리까지. 무엇보다 일본의 만행을 알릴 수 있어 다행이었다. 마이클과 진하게 화해한 일 또한 잊을 수 없다.

모든 행사를 마친 뒤, 집으로 돌아오며 수산은 소피아에게 고맙다고 했다.

"내가 더 고마운걸. '대한민국의 간디'인 너의 아버지를 알게 된 점도 그렇고…. 너의 용기도 멋지고…. 암튼 이번 행사로 수산, 네가 정말 대단하다고 생각했어."

소피아의 칭찬에 수산은 마음속 깊은 서랍에 담긴 비밀을 고백했다.

"실은 난 아버지의 부재에 대해 불만이 많았어. 가족의 안위보다는 나라를 먼저 생각하는 것이 위선이라 생각했고. 내가 한 번도 가 보지 못한 대한민국의 독립이 뭐 그리 큰 문젠가, 싶었지. 내가 놓친 야구공을 풀밭에서 찾는 것쯤으로 쉽게 생각했던 거야. 그러나 아버지가 감옥에 갇히면서 내 생각이 바뀌었어. 그 마음으로 오늘 행사도 준비했어."

"대한민국의 독립을 '풀밭에서 잃어버린 야구공 찾기' 정도로 생각했다는 말이 참 인상적이네. 왠지 이해되는 것도 같고…."

소피아가 이해해 주는 모습에, 수산은 온 세상을 얻은 것 같았다. 아버지가 필립 오빠에게 보낸 편지에서 늘 좋은 친구를 사귀라는 충고를 본 적이 있었다. 책을 많이 읽으라는 권면과 함께. 수산은 소피아를 통해 아버지의 또 다른 뜻을 알게 되었다.

수산은 불현듯, 엄마가 보고 싶어 과일 가게에 갔다. 열심히 과일을 매만지고 있던 엄마가 수산을 보자, 반갑게 손짓했다. 수산은 달려가 엄마 품에 안겼다.

"수산, 오늘 행사 잘 치렀니? 네가 고등학교 졸업하기 전, 뜻깊은 일을 해낸 것 같아 대견하구나."

"고마워요. 엄마 덕분에 성황이었어요. 엄마표 김밥, 식혜가 인기 최고였어요."

엄마는 말없이 수산의 등을 두들겨 주었다. 우르르 손님이 몰려

오자, 엄마는 여장부처럼 달려갔다. 손님들과 친절한 미소로 이야기를 나누는 엄마가 남달랐다. 물론 밤마다 아버지 걱정에, 눈물흘린다는 것을 잘 알지만.

수산은 집으로 돌아오며 온 마음을 다해 속삭였다.

"엄마는 진정 투사입니다. 대한민국의 간디를 만든…."

대한민국행 배표

"엄마, 버드나무 그네가 끊어졌어요."

장사를 마치고 늦게 들어온 엄마에게 필영이 맥없이 말했다.

"필영, 어디 다친 데는 없니? 그네가 왜 끊어졌지?"

엄마는 놀라서 필영의 몸을 샅샅이 살핀 뒤, 마당으로 나갔다. 대학생이 되어 리포트 쓰느라 바쁜 수산도 버드나무 밑으로 달려 갔다. 아뿔싸. 필영의 말대로 그네의 양쪽 끈이 나달나달해진 채 바람에 흔들리고 있었다. 폐허처럼 흉물스러웠다.

"그네를 지탱하던 끈이 삭은 거네. 세월을 감당하지 못하고 끊어져 버렸어. 하긴 아버지가 버드나무에 그네를 단 세월이 얼마냐. 필영이가 태어나기 전이니…."

엄마가 감회에 젖은 목소리로 말했다. 수산도 옛 생각이 주마등처럼 스쳐 갔다.

"버드나무는 휘어질지언정 쉽게 죽지 않는단다. 너희도 그렇게 자라길 바라는 마음으로 심은 거야. 아버지가 없어도 너희끼리 우애롭게 놀라고 그네를 달아 줄게."

수산은 새삼 아버지가 하던 말이 가슴에 와닿았다.

"그러잖아도 고문 후유증으로 아버지도 시들시들 아프시다는 소식만 들려오는데…. 그네의 끈마저 삭아 녹아내리다니…. 이제 그네는 그만 타야겠다. 필영이도 열 살이나 되었으니…. 괜찮겠지?"

엄마는 그네가 삭아 끊어진 것이 아버지의 병환과 연관이 된 듯, 시종 언짢은 얼굴이었다. 엄마의 얼굴에 먹구름이 끼면, 온 가족 마음도 무거웠다. 아버지는 서대문 형무소와 대전 형무소를 오가며 투옥된 지 2년 반 만에 출옥했다. 그러나 위가 나빠 식사조차 제대로 못 한다며, 엄마는 식사 때마다 걱정이었다. 엄마는 아버지의 편지를 애타게 기다리면서도, 읽고 나면 혼이 나간 사람처럼 넋을 놓았다.

"아버지가 고향 근처 대보산 송태 산장에서 홀로 앓고 계신 것 같다. 엄마가 가 봐야 하는데…."

모처럼 촬영을 마치고 집에 들른 필립 오빠는 엄마를 볼 때마다 힘들어했다. 멀리 계신 아버지의 건강도 문제지만, 한시도 마음을 놓지 못하는 엄마가 더 걱정일 때가 많았다. 수산도 엄마 걱정에 잠 못 들 때가 많았다.

수산은 방으로 들어와 리포트 작성을 마무리한 뒤, 편지지를 꺼냈다. 그동안 밤새 쓴 편지를 부치지 못하고 서랍에 간직했던 것과는 달리, 꼭 우편함에 넣을 것이란 다짐으로 글을 썼다.

고등학생 때처럼 감성이 넘치는 글이 아닌, 소식 위주의 내용으로 편지지를 채워 나갔다. 특히 엄마가 아버지의 건강을 많이 걱정한다는 것을 강조했다.

이튿날 아침, 엄마의 편지와 함께 국제우편으로 편지를 보냈다. 놀랍게도 아버지에게 한 달 만에 답장이 왔다. 엄마에게 듣는 아버지 소식이 아니라, 아버지의 친필 편지를 보는 순간, 수산의 가슴이 방망이질을 쳤다. 연애편지를 받은 것처럼.

나의 사랑하는 딸 수산에게

(중략)

내가 너를 품에 안아서 재워 주던 때가 어제 같은데 벌써 대학생이 되었고, 영 레이디가 되었구나. 수라의 토 댄스를 보던 것이 어제와 같은데 지금은 중학을 마치고 대학으로 가게 되었으니 참 세월이 빨리 달아난 것을 깨닫는다. 필립은 영화배우로 바쁜 나날이라니 다행이다. 필선이가 그처럼 공부에 힘쓰고 각별히 어머니를 항상 도와준다니 기쁘다. 필영이가 그같이 활발하게 장난을 잘한다니 매우 기쁘다. 다만 우리 집 앞 언덕 위로는 어두워서 다니지 말고 연약한 나무에는 자주 오르지 말라고 하여라.

(중략)

우리 집 언덕길이 이전과 같으냐? 혹 고치었느냐? 연못에 연꽃이 남아 있느냐? 또 토란은? 너희가 매우 바쁘지마는 뜰을 깨끗하게 거두고 화초를 잘 길러라. 이것도 아름다움을 사랑하는 좋은 습관을 양성하는 한 과정이다.

언제든지 스마일!
네 아버지가

수산에겐 편지 자체가 아버지였다. 얇은 쌀 포대 종이에 또박또박 쓴 글씨는 아버지처럼 기품이 넘쳤다. 짧지만 함께할 때마다 보여 주셨던 다정다감한 모습이 글 속에서도 느껴졌다. 아버지의 상징인 버드나무와 연꽃처럼.

수산은 아버지의 모습을 상상해 보았다. 영화배우가 된 필립 오빠처럼 잘생긴 아버지가 아니라, 병들고 늙어 가는 아버지의 모습이 그려지는 건, 서글픈 일이다. 그럴수록 엄마의 간절한 마음이 절절히 이해되었다. 얼마나 아버지가 보고 싶을지. 옆에서 병간호해 드리고 싶을지. 그러나 아직 학생 신분인 수산은 마음뿐, 달리 방법이 없었다.

필립 오빠는 달랐다.

아버지가 환갑을 코앞에 둔 나이에, 동우회 사건으로 흥사단 동지들과 함께 다시 서대문 형무소에 투옥됐다. 간경변증으로 보석되었다는 소식을 듣고는 특별한 선물을 준비했다.

"어머니, 제가 아버지에게 가실 수 있는 배표를 준비해 보겠습니다."

아침 밥상에서 필립 오빠가 단호하게 말했다. 오빠의 말에 엄마는 놀라움을 금치 못했다.

"악랄한 일본 경찰 놈들이 신병으로 아버지를 보석으로 풀어 줄 정도면 심각한 상태인 게 분명해요. 아버지 건강이 정말 걱정입니다. 이제라도 꼭 아버지 만나러 가세요. 어머니."

말문을 잇지 못하는 엄마 대신 수산이 나섰다. 꿈일 것 같아 깨고 싶지 않은 심정으로.

"필립 오빠, 정말 엄마를 대한민국에 보내 드리는 거야? 아버지 만나러 갈 수 있는 거냐고."

그러자, 필립 오빠는 단호한 목소리로 말했다.

"수산, 네가 어머니 모시고 아버지 뵙고 와. 오빠가 경비는 마련할 테니까. 필영이는 열 살이 되도록 아버지 얼굴 한 번도 못 봤잖아. 수라도 함께 가고."

"와! 진짜. 오빠 최고!"

수산은 오빠를 향해 엄지손가락을 열 번도 더 세워 보였다. 수라도 필영도 겅중거리며 좋아했다. 살다 보니, 이런 날도 있구나, 하고 큰소리로 외치고 싶었다.

필립 오빠는 다시 엄마를 향해 말했다.

"어머니. 이른 시일 내에 프레지던트 쿨리지호를 탈 수 있도록 알아볼게요. 페드로 항구에서 배가 뜰 거예요."

"어머? 진짜 아버지를 보러 가네. 꿈만 같아."

수산이 하키공을 날릴 때처럼 신나게 외치자 모두 한마디씩 거들었다.

"아버지, 정말 보고 싶었는데…. 빨리 보고 싶다."

수라는 언제나처럼 차분한 목소리로 그리움을 토해냈다.

"필영아! 아버지 보고 싶지?"

수산의 질문에 필영은 온 가족을 두리번거리며 상황 파악하느라 바빴다.

"아버지는 대한민국 감옥에 계신다면서요? 거기에 간다는 말인가요? 어머니."

필영은 막내지만 엄마에게 늘 존댓말을 썼다. 수산은 그 모습조차 귀여웠다.

"그러니까 막내인 네가 아버지 뵈러 가야지. 아버지도 네 얼굴이 얼마나 보고 싶으실까. 자기 자식 얼굴도 못 본 채, 나랏일 하는 아버지가 왜 감옥에 있어야 하는지…. 참…."

필립 오빠는 필영에게 말하다 말고, 익명의 누군가를 향해 분노를 표했다.

"필립! 밤잠 설쳐 가며 촬영하느라 애쓰는 거 잘 아는데…. 힘들게 번 돈으로 비싼 배표를 구한다니…. 정말 고맙다. 미안하고. 엄마도 과일 가게 하면서 저축해 놓은 돈 좀 있으니까. 함께 보태서 배표 구하자꾸나. 일단 아버지께 이 상황을 빨리 알려야겠다. 전보를 보내야 빠르겠지."

엄마는 오랜만에 집에 찾아온 아버지를 대할 때처럼, 볼이 발그레해졌다. 왜 아닐까. 수산의 가슴도 이리 쿵쾅거리는데 엄마는 백배 천배 더 설렐 것이다. 수산은 오래전부터 대한민국 땅을 밟아 보고 싶었다. 아버지가 목숨 바쳐 사랑하는 나라의 실체가 궁금했다. 수라와 필영의 얼굴에도 생기가 돌았다. 필영은 흥분한 나머지 엉덩이춤까지 췄다. 표현은 안 했지만, 아버지가 몹시도 그리웠던 게 분명하다.

"오늘 엄마가 아버지께 전보 보낼게. 그리고 잠깐 짬 내서 흥사단 분들 만나서 소식 전해야겠다. 무척 좋아하실 거야. 모두."

엄마는 당연한 일이라는 듯, 식탁 정리를 하며 말했다. 닥쳐올 후폭풍은 전혀 생각지도 못한 채.

식물들의 반란

　집안 곳곳에서 물고기와 식물 들의 반란이 일어나고 있다. 이해할 수 없는 일이다. 지금까지 단 한 번도 연꽃이 피지 않은 적이 없다. 그런데 연꽃은커녕, 뿌리마저 사라졌다. 버드나무도 조짐이 안좋다. 버드나무의 매력은 축축 늘어지는 이파리에 있다. 바람이 불면 한들한들 춤사위를 날리는 푸르른 이파리는 한 편의 그림이자 영화다. 그 이파리들이 시들시들 맥을 잃고 말았다. 한쪽 나무는 시커멓게 타 죽어 가는 중이다. 그뿐인가. 연못의 물고기들도 어느 날 갑자기 허연 배를 뒤집은 채, 둥둥 떠다녔다. 끔찍한 풍경을 본 필영은 울음부터 터트렸다. 엄마의 얼굴은 먹구름으로 가득 찼다.

　"왜 그토록 잘 자라던 나무와 고기 들이 죽어 가는 것일까? 아버지가 많이 안 좋으신 걸까?"

　엄마는 연못 속의 물고기를 뜰채로 떠 올려, 흙무덤을 만들어 주며 말했다. 필영은 엄마의 손을 잡은 채, 흙무덤 위에 돌멩이를 올려놓았다. 작별 인사라도 하듯. 무슨 말인가를 중얼거리며.

그때, 마침 야외 현지 촬영을 나갔던 필립 오빠가 돌아왔다. 주말 아르바이트를 마친 필선 오빠도 돌아왔다. 자기 방에서 과제를 하던 수라까지 나오니, 모처럼 온 가족이 모였다.

"아버지에게 편지가 왔다. 이 편지는 같이 읽고 의논해야겠다고 생각했는데…. 다 모였으니 잘됐다."

엄마는 저녁 식사 준비도 잊은 채, 아버지의 편지부터 내놓았다. 수산은 요즘 엄마가 부쩍 많이 늙은 것 같아 걱정했다. 수산은 필립 오빠부터 돌아가며 편지를 읽는 동안 먹을거리를 준비했다. 간단하게 빵과 커피를 마시며 가족회의를 하는 것이 필요하겠다 싶었다.

"그러잖아도 출출했는데. 수산이 엄마 대신 집안일 잘 챙겨 줘서 고맙다."

아버지의 편지를 넘기며 오빠는 다정하게 말했다. 외모뿐만 아니라, 따뜻한 마음까지도 아버지를 닮은 큰오빠. 수산은 언제나 필립 오빠가 듬직하고 고마웠다. 필선 오빠까지 편지를 읽고 옆으로 넘기려 하자, 수산이 나섰다.

"내가 읽을게. 수라와 필영은 빵 먹으면서 들어. 엄마도 빵 좀 드시고요."

수산은 일부러 큰 목소리로 말했다. 엄마를 비롯해 편지를 읽은

두 오빠가 늪에 빠진 듯한 얼굴이기에.

　세 장이나 되는 긴 편지의 내용을 다 읽을 필요는 없을 것 같았다. 속독으로 편지를 읽으며, 같이 생각해야 할 부분만 낭독했다.

　사랑하는 나의 아내 혜련

　당신이 수산, 수라, 필영을 데리고 나를 찾아온다는 전보를 받고 이것이 꿈인가 생시인가 형언할 수 없는 느낌을 금할 수 없나이다. 오랫동안 그립던 당신을 만날 것도 반가우려니와 나의 사랑하는 딸들과 어린 필영을 볼 것을 생각하니 더욱 기뻐하였나이다. 처음에는 기뻐할 뿐이었고 얼마 후에는 당신과 아이들이 들어온 후에 장차 어찌할까 싶은 고려가 생기는데 속히 판단할 수 없겠구려.

(중략)

그런데 고려할 것은 무엇인고, 첫째는 생활문제요, 둘째는 특수한 환경문제입니다.

생활문제로 말하자면, 당신이 잘 아는바 내가 직접 아무 생산하는 것이 없고 친구들의 도움으로 지난다는 사실입니다. 내가 무엇이관대 이렇게 남들에게 폐를 끼치는가 양심의 가책을 받게 됩니다. 지금 내 일신도 남을 의뢰하여 지내는 것도 불가한데 지금 내가 아직 자력으로 살아갈 방도를 세우지 못한 이때에 당신과 아이들이 들어오면 내 가족생활까지 남을 의뢰하게 될 터이니 이것은 감당할 수 없는 일이라 망설이게 되옵니다.

(하략)

"아버지가 우리 오지 말라는 거예요?"

가만히 듣고 있던 필영이 바람 빠진 풍선처럼 폭삭 삭은 얼굴로 물었다.

"필영, 그런 게 아니고 아버지가 여러 생각이 많으신 거야. 우리가 가면 여러 사람에게 부담을 줄까 봐 걱정하시는 거지. 지금도 친구분이 제공한 송태 산장에서 투병 중이시라서…. 아버지도 필영이 몹시 보고 싶다는 편지글 많이 쓰신 거 봤잖아. 아버지는 혼자지만 혼자 몸이 아닌 거야."

골똘히 생각에 잠겼던 필립 오빠가 그 어느 때보다 더 단호한 모습으로 나섰다.

"어머니, 흔들리지 마세요. 이럴 때일수록 가족이 아버지 곁에 있어야지요. 절대 아버지에게 짐이 되어 드리지 않으면 되잖아요. 어머니와 동생들 체류비는 제가 모두 마련할 테니까…. 무조건 떠날 준비 하세요. 이러다 아버지…. 영영…."

아버지를 부르다 말고 필립 오빠가 쿨럭, 눈물을 보이고 말았다.

"알았어. 엄마도 이번에는 꼭 아버지 찾아가고 싶다. 아버지를 돕는 사람들이 많다고는 하지만…. 그래도 홀로 아파할 아버지를 생각하면 내가 살아도 사는 게 아니다."

엄마의 말에 수라는 고개만 끄덕이고, 필영이 나섰다.

"저도 아버지 얼굴 한 번이라도 꼭 보고 싶어요! 어머니."

필영의 가슴 깊은 곳에서 퍼 올린 듯한 말에 모두 고개를 숙인 채, 눈물을 훔쳤다.

수산은 아무래도 분위기를 바꿀 필요가 있다는 생각이 들었다.

"수라와 필영은 아버지를 기쁘게 해 드릴 선물에 대해 생각하자. 필립 오빠가 많은 경비를 대는 대신 우리도 뭔가를 보여 드려야 하지 않을까?"

"맞아! 맞아! 내가 어릴 때 춘 토 댄스 연습을 좀 더 할까? 언니."

"음…. 난 무슨 선물을 할지 생각해 볼게. 누나."

동생들이 들뜬 모습을 보며, 수산을 비롯한 가족 모두 근심의 그늘을 억지로라도 거둬 내려 애썼다.

"가족의 힘이라는 게 바로 이런 거구나! 아버지께 우리가 짐 될 일은 없을 테니. 걱정하지 말라고 전보 보낼게. 어서들 밥 먹자. 된장찌개 끓일 테니…."

엄마의 어깨가 다시 들썩이는 것을 보며 수산은 힘을 냈다.

그날 이후, 엄마는 밤마다 정성껏 손바느질을 했다. 아버지가 입을 두툼한 겨울 한복과 여름에 입을 모시 한복을 만드는 중이다. 그 모습이 너무 숭고해 말조차 붙일 수 없었다. 수산은 새벽에 물 마시러 나오다 말고 깜짝 놀랄 때가 많았다. 구부정한 자세로, 바느질 중인 엄마의 모습은 경건함 그 자체였다. 엄마는 사랑과 그리움을 옷깃 속에 한 땀 한 땀 넣어 꿰매고 있었다. 처연하면서도 아름다웠다.

일주일 후, 필립 오빠가 약속했던 배표를 구해 왔다.

"어머니. 프레지던트 쿨리지호 배표 넉 장 구했어요. 8월 3일 페드로 항구에서 타면 돼요."

"애썼다. 필립. 이제 정말 아버지를 만나러 가는구나! 아직 실감이 나진 않지만. 그나저나 시간이 촉박하네. 마음이 바빠지는걸."

"네. 다음 주 목요일이에요. 주말보다는 평일이 편할 것 같아서요. 그동안 어머니와 동생들 가서 쓸 경비도 마련했으니 걱정하지 마세요."

"엄마도 준비할 테니… 너무 무리하지 마. 필립."

수산은 기쁘면서도 아무 도움이 못 되는 것이 미안했다. 어서 대학 졸업하고 취업해서 엄마를 많이 도와야겠다는 생각이 절실했다.

"참, 필립. 당장 흥사단원들 좀 만나야겠다. 지난번에는 아버지 보러 간다고 슬쩍 암시만 했는데도 뭔가 찜찜한 얼굴들이었어. 배표 끊었다고 말해야지. 아무래도 아버지에게 전할 사항이 많을 테니까…"

엄마는 외출복으로 갈아입고 부리나케 밖으로 나갔다. 몹시 초조해 보였다. 엄마가 나가고 나자, 온 집 안에 찬바람이 감돌았다.

"오빠, 홍사단은 아버지가 만들었고, 단원들이 아버지를 존경하고 따르는 거 아니었어? 그런데 왜 찜찜해 할까?"

"글쎄. 엄마가 뭔가 오해하신 거겠지. 그럴 이유가 없잖아. 나도 오랜만에 나가서 친구들 좀 만나야겠다."

필립 오빠도 필선 오빠도 각자 일이 있다며 나갔다. 수산은 죽어 가고 있는 연못을 청소하기 위해 마당으로 나왔다. 편지로 누누이 꽃이며 정원 관리를 잘하라고 하신 아버지의 말씀을 지키기 위해.

수라는 공부한다고 방에서 꼼짝하지 않았고, 심심한지 필영이 하품을 하며 나왔다. 수산은 필영과 자주는 못 놀았지만, 대화가 통해 좋았다.

"누나, 물고기가 왜 죽었을까?"

"아마, 물이 너무 더러워서 그럴지도 몰라. 우리 가족이 바쁘다는 핑계로 연못 청소를 해 준 적이 별로 없잖아. 아버지가 계셨으면 이런 일은 없었을 거야."

필영은 아버지라는 말에 귀가 번쩍 뜨인 듯, 누나를 뚫어지게 바라보았다.

"아버지는 청소를 잘하셨어?"

"그럼 아버지는 집에 와도 가만히 계실 때가 없었어. 저기 버드나무도 아버지가 심고 가꾸었는걸. 내가 너만 할 때. 연꽃도 그날

같이 심으셨어. 버드나무는 휘어질지라도 부러지지 않는 나무라고. 우리도 그렇게 강하게 자라라는 뜻으로 심으신 거래. 연꽃은 더러운 물에서도 아름다운 꽃을 피운다고 심으셨는데…. 왜 죽었을까?"

수산은 연못의 물꼬를 찾아 일단 더러운 물을 빼내며 중얼거렸다. 필영도 물꼬를 트는 걸 도왔다. 마당 한쪽에 있는 창고에 들어가 삽이며 호미를 가져와 고랑을 내는데, 수산보다 힘이 좋았다.

"필영이도 아버지처럼 일 잘하네. 아버지는 편지에도 식물도 잘 기르고 꽃을 잘 가꾸는 것이 삶의 기본이라고 늘 쓰셨어. 필영이 그네 탈 때 조심하라는 말씀도 적었고…."

"누나 이야기 들으니까 아버지가 진짜 더 보고 싶다."

"진짜 아버지 볼 거잖아. 기대되지?"

필영 덕분에 연못 청소가 금방 끝났다. 죽어 가는 버드나무는 어찌할 수가 없었다.

"이렇게 죽어 가다가도 언젠가는 새싹이 나올지도 몰라."

수산이 독백처럼 하는 말에 필영이 한마디 거들었다.

"그랬으면 좋겠다. 난 엄마도 바쁘고 형들 얼굴 보기도 힘들고…. 누나들도 나랑 놀아 줄 시간도 없을 때…. 그네를 타면 좋았어. 열 살이 되도록 아버지 얼굴 한 번도 본 적 없지만…. 그네를 타면 아버지를 만나는 것 같았거든."

저녁노을이 지는 것을 바라보며, 수산은 필영과 이런저런 이야기를 나누었다. 말하다 보니, 수산은 '아버지의 대변인'이 되어 있었다. 필영이 모르는 엄마와 아버지가 만난 사연부터, 아버지가 보헤미안처럼 집을 떠날 수밖에 없었던 이야기 등을 들려주었다.

아버지가 감옥에 수시로 드나들던 일, 대성학교를 세운 일, 청년들에게 연설가로 알려진 일 등 수산이 직접 본 일은 없다. 엄마나 한인 사회에서 귀가 따갑도록 들은 이야기일 뿐. 그러나 소리 없이 내리는 아침 이슬처럼, 수산의 가슴에는 이 모든 것이 깊이 스며들어 뿌리를 내리고 있었다.

"누나는 좋겠다. 아버지에 대한 추억이 많아서. 난 친구들이 아버지와 함께 야구 경기를 할 때 정말 부러웠어. 주말마다 캠프 갈 때도 그렇고."

필영이 눈가가 촉촉해지면서 소원을 빌 듯 말했다. 수산은 어릴 때, 자신이 느낀 결핍을 필영도 겪는 게 마음 아팠다.

"실은 나도 아버지와 함께한 시간이 많지 않아. 바람처럼 왔다가 소리 없이 사라지곤 하셨으니까. 그래선지 늘 아버지가 그리웠어. 우리 가족 모두 그럴 거야. 아버지도 마찬가지고. 아버지가 엄마에게 쓴 편지의 절반은 가족에 대한 그리움이야."

"그래도 누나는 아버지 얼굴이라도 봤잖아. 난⋯. 사진을 백 번을 봐도 실감이 나질 않아."

"그럴 것 같아⋯. 필영아. 아버지도 네가 엄청나게 보고 싶으실 거야."

수산과 필영은 곧 만날 아버지를 향한 기대와 설렘을 나누느라 시간 가는 줄 몰랐다. 갑자기 하늘이 검게 물들며 천둥이 쳤다. 불안했다.

　'엄마는 왜 안 오시는 걸까?'

이해할 수 없는 암초

출항 전날이다. 금방이라도 비가 내릴 듯 하늘이 내려앉았다. 햇빛이 너무 강렬해 식물들이 목말라 했는데 비가 오려나 보다. 정원의 식물과 꽃들도 목마른 사슴처럼 비를 기다리는 것 같다. 수산이 연못 청소는 했지만, 연꽃잎마저 시들어 형체조차 구별하기 힘들다. 엄마는 연못을 바라보며, 깊은 생각에 잠겨 있었다.

"어머니, 저 왔어요. 무슨 생각을 그리 골똘히 하세요? 내일 떠나실 채비는 다하신 건가요? 챙길 것 많을 텐데…."

촬영 때문에 바쁜 필립 오빠가 들어서며, 큰 목소리로 말했다. 오빠의 목소리에 집 안에 있던 필선 오빠와 동생들이 밖을 내다보았다. 미리 싸 놓은 가방을 점검하던 수산은 필립 오빠의 말에 얼른 마당으로 나갔다.

"엄마, 제가 텃밭에 물 줄게요. 비 올 것 같으니까 살짝만 뿌리면

되겠네요. 오빠랑 어서 들어가세요."

수산도 배추며 상추 등에 물을 주며, 인사했다. 아버지 만나고 올 동안, 죽지 말고 잘 지내라고.

수산이 거실로 들어가자 온 식구가 둘러앉아 과일을 먹으며 이야기 중이었다. 오빠에게 배표를 받은 후, 엄마의 기분은 일기예보처럼 오락가락했다. 콧노래를 중얼거리다가도 깊은 시름에 젖기도 했다. 수산은 엄마가 여행 앞두고 신경이 예민해지신 것이라며 대수롭지 않다고 생각했다.

"어머니, 제대로 준비나 하셨는지 걱정인데요."

필립 오빠가 엄마를 바라보며, 농담조로 말했다.

"아버지 한복 두 벌 잘 마무리해서 싸 놓았다. 그리고 초콜릿이며 차도 다양하게 샀어. 아버지 신세 진 분들에게 선물 드리려고. 그나저나 홍사단 분들이 마음에 걸려서…."

아무도 엄마의 얼굴에 드리운 근심을 눈치채지 못했다.

"이건 건강식품인데 좀 샀어요. 알로에 좋은 걸로 만든 거라고 해서요. 아버지가 위가 매우 나쁘시다면서요? 기운 내시라고 영양제도 샀는데, 드실 수 있을지 모르겠어요. 암튼 어머니가 가셔서 잘 챙겨 드리세요."

필립 오빠는 봉지 가득 사 온 물건을 설명하느라 바빴다. 수산은 필립 오빠의 세심함에 놀라움을 금치 못했다. 아버지에게 드릴 선물을 전혀 준비하지 못한 것이 부끄러웠다.

"딩동딩동."

갑자기 현관 벨이 요란스럽게 울렸다. 순간, 엄마의 얼굴이 검게 변했다.

엄마는 죽으러 가는 사람처럼, 무거운 얼굴로 현관문을 열어 주었다. 서너 명의 남자들이 거실로 불쑥 들어왔다. 평상시에 집에 자주 오는 분들이었다. 엄마의 밥을 세상에서 가장 맛있게 먹는 한인 아저씨들이다.

'오늘도 엄마표 고향 밥상이 그리워서 오신 건가?'

수산은 머릿속으로 이 생각이 들었지만, 고개를 저었다. 엄마가 아버지 만나러 간다고 전했을 텐데.

"이 여사님. 기어이 내일 배를 타실 겁니까? 그렇게 말렸는데도요."

흥사단 일을 도맡아 하는 아저씨가 싸움닭처럼 대들었다. 느닷없는 말에 모두 어안이 벙벙한 얼굴로 바라보았다.

"아저씨. 지금 무슨 말씀하시는 거예요? 배 타는 걸 말리시다니요."

필립 오빠가 단도직입적으로 묻자, 필선 오빠도 아저씨 얼굴을 뚫어지게 바라보았다. 어이없다는 표정이 역력했다.

"지금 도산 선생을 만나러 가는 건 절대 안 돼. 그 이유를 정말 몰라서 묻는 거야?"

"왜 엄마가 아버지를 만나러 가면 안 되는 건데요? 홀로 앓고 계신 아버지 곁에 가족이 있어야 하는 건, 당연한 것 아닌가요?"

대학생인 수산도 상황이 도저히 이해되지 않아 따지듯 물었다.

흥사단 아저씨들도 가만히 있어서는 안 되겠다는 듯, 결사적으로 나섰다.

"하나만 알지 둘은 모르니… 참. 지금 도산 선생 처지를 아는 건지 모르는 건지. 답답해 죽겠구먼. 일본 경찰들이 그러잖아도 도산의 일거수일투족을 살펴서 잡아넣을 생각만 하는 상황인 걸 모르는가?"

"어머니가 들어가면 아버지 신변이 더 위험해진다는 말씀이신가요?"

필선 오빠가 나서서 조용하면서도 단호한 목소리로 물었다.

"온 가족이 똘똘 뭉쳐서 벽창호 같은 말만 하니…. 정말 답답하고 기가 막히네."

아저씨가 야유조로 말하자, 이번에는 필립 오빠도 날카롭게 나섰다.

"수산과 수라 그리고 필영은 미국 시민권을 갖고 있습니다. 어머니도 마찬가지고요. 아무리 일본 경찰들이 악랄하다고 해도, 미국 시민권자를 함부로 잡아넣을까요? 그리고 필영이는 열 살이 되도록 아버지 얼굴조차 못 보았습니다. 아버지도 늘 필영이를 그리워했는데…. 아저씨들이 무슨 명분으로 우리 가족 일에 나서는 겁니까? 너무 부당한 거 아닌가요?"

엄마는 오빠가 필영 이야기를 하는 순간, 거실에 주저앉아 숨소리조차 죽이며 흐느꼈다. 그런데도 필립 오빠와 홍사단 아저씨들의 기 싸움은 끝날 줄 몰랐다.

"지금 도산 선생이 대한민국에 여행 가신 건 줄 아는가? 자네가 영화배우로 잘나간다고 자랑이라도 하고 싶은 건가? 아버지의 신변을 보호하느라 전전긍긍하는 대한민국 애국지사들의 노고는 생각지 않는가? 필립…. 냉정히 생각해 보라고."

아저씨도 끝까지 물러설 기미가 보이지 않았다.

"아저씨는 지금 제 자랑을 위해서 어머니 배표를 구했다고 생각하십니까? 지금까지 우리 가족은 아버지 일이라면 무엇이든 양보하고 헌신했습니다. 특히 어머니는요. 그런데 병든 남편 보러 가는 것마저 막다니요. 도저히 이해가 안 됩니다."

"맞아요. 누가 우리 가족이 만나는 것을 막을 권리가 있는 건가요?"

수산은 두렵고 떨렸다. 필립 오빠와 필선 오빠의 완전히 다른 모습이 믿기지 않았다. 지금까지 두 오빠는 공립협회 어르신들이나 홍사단원들 앞에서 공손하면서도 깍듯했다. 그런데 저토록 강경하게 나가는 걸 보면, 큰일이 터질 것 같아 조마조마했다. 홍사단장 아저씨 역시 평소와는 너무도 달랐다. 아버지에게 가장 헌신적이며 나라 걱정에 앞장선 분이었다.

"여사님이 대한민국 땅을 밟는 순간부터, 도산 선생은 꼼짝 못하게 되어 있다고! 일본 경찰 놈들은 상상을 초월할 정도로 선생님 꼬투리를 잡으려 혈안이 되어 있는데. 왜 말뜻을 못 알아듣고 우기기만 해? 지금은 개인보다는 나라를 먼저 생각해야 하는 시기인데, 우리를 나쁘게만 생각하니. 원. 참."

아저씨의 강경한 말에도 필립 오빠는 절대 굽히지 않았다.

"아버지는 혁명가이기도 하지만, 저희의 아버지이기도 합니다. 어머니는 아버지를 위해 늘 희생하며 살아오셨고요. 아픈 아버지 얼굴이라도 보고 싶다는데 막무가내 말리기만 하시니. 너무하시는 거 아닌가요?"

양쪽의 주장은 팽팽했다. 한쪽도 양보할 기미가 보이지 않았다. 수산도 떨리는 가슴을 진정하며 생각해 보았다. 흥사단원들이 왜 저토록 무례할 정도로 강하게 반대하는지. 좋게 보면, 아버지의 신변을 보호하기 위한 것이다. 그러나 정도가 지나치다는 생각이 들었다.

"더는 말씀드리고 싶지 않습니다. 내일 어머니는 동생들과 함께 반드시 배를 타실 겁니다. 아니 타야 합니다."

"맞습니다. 어머니는 반드시 아버지를 만나셔야 합니다."

필립 오빠와 필선 오빠가 강경하게 나가자, 아저씨 측은 마지막 카드를 내놓았다. 누런 편지 한 장이었다.

"도산 선생도 가족이 오면, 독립운동에 방해될까 봐 걱정이라는 말을 분명히 편지에 썼다고요. 지금도 머무는 산장에 매일 일본 경찰들이 주둔하고 있다잖은가. 도산을 만난 사람들마다 심문하는 상황이고. 우리는 도산 선생님도 염려되고, 여사님도 가면 일본 경찰들이 무슨 핑계를 대서라도 감옥에 가둘까 봐 걱정인 거라고. 오해는 말고 냉정히 생각해야 할 때 아닌가!"

회유하듯 아저씨가 목소리를 낮춰 말했다.

"저희도 아버지 편지 받았습니다. 그건 아버지의 갈등을 그린 것이지, 반대는 아닙니다. 어머니가 가셔서 조심하시면 된다고 봅니다."

그때였다. 양쪽의 이야기를 곤혹스러운 표정으로 듣고 있던, 엄마가 벌떡 자리에서 일어났다. 형형하게 빛나는 눈빛과 앙다문 입술 사이에서 나온 말은 폭탄선언이나 다름없었다.

"가지 않겠어요! 내 아들이 무례하다고 나무라지 마세요. 제가 가지 않으면 되겠지요? 그러니 어서들 돌아가세요."

어머니의 묵직한 말에 양쪽 다 할 말을 잃었다. 침묵을 뚫고 흥사단원들이 슬금슬금 현관을 나서자, 엄마는 여행 가방을 풀기 시작했다. 곱게 만든 아버지의 한복을 꺼내어 서랍에 넣다 말고 철퍼덕 주저앉았다. 수산은 알고 있었다. 엄마가 울고 있다는 것을. 하염없이. 뜨겁게.

모든 상황을 보고 듣고 느낀 수라는 뒤돌아서서 눈가를 훔쳤다.

"아버지 얼굴 못 보는 건가요? 얼마나 기다렸는데…"

필영은 피를 토하듯, 흐느끼며 물었다. 두 오빠는 천장을 올려다보다 말없이 방으로 들어갔다. 억장이 무너진다는 말은 이럴 때 쓰는 거였다. 수산도 참으려 애썼지만, 절로 목구멍에서 꺽, 소리가 올라왔다. 눈가가 뜨거워졌다. 아버지 얼굴을 보는 것이 이토록 멀고 험한 일인 줄, 몰랐다. 무엇보다 애타게 기다리고 계실 병든 아버지가 걱정이었다. 무너진 가슴으로 살아갈 엄마의 상처는 무엇으로 보상받을 것인가! 쓰리고 아팠다.

"엄마, 제가 꼭 아버지 뵈러 모시고 갈게요. 조금만 기다려 주세요."

수산의 절절한 이 말을 엄마는 듣지 못했다. 볏짚단처럼 맥없이 쓰러진 엄마는 다음 날까지 죽은 듯 깊은 잠에 빠졌으므로.

땅거미가 내려앉으며, 가로등이 켜졌다.

우르릉 꽝꽝. 갑자기 천둥소리가 요란하게 울려 퍼졌다. 수산은 스산한 분위기에 놀라 창문을 닫았다. 종일 검은 구름으로 뒤덮인 하늘에서 급기야 소나기가 좍좍 쏟아졌다. 온 세상이 빗속에 잠길 만큼 무섭게.

수산은 창고 문을 잠그기 위해 밖으로 나왔다가 깜짝 놀라 우뚝 서고 말았다. 가장 큰 버드나무가 폭격을 맞은 것처럼 쓰러져 있는 게 아닌가! 끔찍했다. 불길한 예감이 온 집 안에 스며들었다.

바람이 전하는 소식

가족 모두 각기 슬픔을 감춘 채, 살아가는 일에 최선을 다했다. 엄마는 과일 가게에 더욱 전념했고, 수라와 필영도 가끔 가게에 나가 엄마를 돕곤 했다. 필립 오빠는 영화에 출연하는 횟수가 많아졌고, 필선 오빠는 공부에 매진했다.

수산은 대학에서도 야구선수로 활약했다. 주로 2루수로 출전했는데 누구보다 뛰어났다. 졸업 후에 프로 선수로 뛸 생각을 할 정도였다. 소프트볼이나 필드하키 선수로도 활약하는 등 운동은 무엇이든 자신 있었다.

수산은 주말이면 하키반이었던 소피아와 운동을 나가곤 했다. 가슴 깊은 곳의 고민을 털어놓는 시간이었다. 진로에 대해 수산이 말하면 소피아는 대환영했다.

"수산! 넌 정말 승부욕이 강한 것 같아. 끝까지 돌진하는 힘도 세고. 프로 선수로 나가도 성공할 것 같아.”

소피아의 격려에 수산은 고무되어 목소리를 높였다.

“나도 운동할 때 가장 즐거워. 승부욕이 넘칠 때마다 긴장감도 느끼고. 그러나 아버지는 내게 다른 길을 원하시는 것 같아. 아버지의 편지를 보면, 내가 대한민국에 돌아와 여성 교육에 힘쓰길 기대하시는 것 같은데…. 대화를 나눌 기회가 없으니…. 답답하지. 넌 좋겠다. 언제나 가족과 소통하며 살 수 있으니.”

수산은 소피아가 대한민국행 배표가 무산되었다는 것을 알고 있는 친구라 속내를 털어놓았다. 무슨 말을 해도 들어 줄 수 있는 친구가 있다는 것에 감사했다.

“맞아. 너희 가족이 받았을 상처…. 생각하면 마음이 아파. 나였다면…. 견디기 힘들 것 같아. 내가 보기에 너는 모든 것을 잊기 위해 땀 흘리며 운동하는 것을 즐기는 것 같아. 물론 타고난 운동 능력도 뛰어나지만….”

“요즘은 내가 무슨 일을 하며 살아야 잘사는 걸까 하는 생각이 많아. 특히 아버지 얼굴을 볼 수 있다는 기대가 무너지는 순간부터. 더욱. 아버지가 걸어가는 저 길을 나도 따라가야 하는 것 아닌가? 그런 숙명 같은 느낌이 들 때도 있어.”

소피아는 수산이 건네는 말에 충격을 받았는지, 뚫어지게 수산을 바라보았다.

“놀라긴! 나도 구체적으로 무엇을 하겠다는 건 아니야. 그저 막연히 드는 생각을 털어놓은 거야."

소피아와 운동도 하고, 내면 깊숙한 고민도 털어놓아, 모처럼 상쾌한 느낌으로 헤어졌다. 그러나 홀로 걷다 바라본, 언덕 위의 집은 평상시보다 더 쓸쓸해 보였다.

집으로 들어서자, 엄마가 쓰러져 가는 버드나무를 바라보며, 깊은 생각에 빠져 있었다. 주말이라 쉬면서 텃밭 정리를 하다 말고 상념에 젖은 것 같았다.

"엄마, 무슨 생각을 그리 골똘히 하세요?"

수산은 살며시 다가가 엄마의 허리를 잡으며 물었다. 가만히 보니 흰 머리카락이 듬성듬성 보였다. 배표 반납 사건 이후, 엄마는 부쩍 늙어 보였다. 실제로 쉰이 훌쩍 넘은 나이다 보니, 얼굴의 주름도 많이 생겼다.

"땀 냄새 나는 거 보니, 운동하고 왔구나. 너처럼 극렬하게 운동하는 것도 좋은 방법일 것 같구나. 잡념도 없애고 건강도 챙기고…."

"엄마, 무슨 일 있으세요?"

오늘따라 목소리에 힘이 없는 엄마를 보니 수산은 덜컥 겁이 났다. 수산은 엄마의 얼굴만으로도 아버지의 근황을 미루어 짐작할 수 있을 정도였다.

"들어가서 얘기하자."

엄마는 묵묵히 앞장서서 안으로 들어갔다. 벌컥벌컥. 물을 마신

후, 엄마는 수산을 물끄러미 바라보았다.

"가게로 흥사단 사람들이 찾아왔었다."

수산의 얼굴색이 변했다. 아버지 만나러 가는 걸 결사반대하던 생각이 날 때마다 몸서리가 쳐졌다. 그들이 왜 엄마를 또 찾아왔을까.

"아버지 신변에 무슨 일이 있는 거 맞죠?"

수산은 예감이 좋지 않아 다급하게 물었다.

"아버지가 또 서대문 형무소에 잡혀가셨단다. 동우회 사건으로. 그저 아버지의 사상을 듣기 위해 만든 인격 단련 단체일 뿐인데. 독립운동 단체라고 우기는 거지. 미국의 흥사단과 결탁해서 독립운동한다고 동우회 임원들도 모두 구속된 상태란다. 어쩌면 좋냐."

평생 감옥을 가족이 있는 집보다 자주 드나드는 아버지지만, 또 구속되다니. 청천벽력이었다. 하늘이 무너지는 것 같았다. 엄마의 얼굴을 보면, 눈물도 흘릴 수 없었다. 엄마는 담담한 얼굴로 다시 말을 이었다. 엄마야말로 독립투사라는 생각이 절로 들었다.

"그때 갔어야 했어. 배를 탔어야 했다고. 내가 잘못 판단한 것 같다. 아버지가 내년이면 환갑이다. 그 나이에 또 감옥에 갇혔으니…. 이제 형장의 이슬이 될 수도 있다는 생각이 드는구나! 여기서 내가 해 줄 수 있는 일이 아무것도 없다는 게 가장 가슴이 아프다."

무슨 말을 더 할 수 있단 말인가! 수산은 가만히 엄마를 품에 안아 드렸다. 그토록 커 보이던 엄마가 아기 새처럼 연약해 보였다.

한 줌도 안 되는 가슴을 콩닥거리고 있는 엄마. 수산은 당장이라도 배표를 구하고 싶었지만, 마음뿐이었다.

엄마는 수산을 힘껏 안아 준 뒤, 방으로 들어가 '아버지의 편지함'을 들고나왔다. 수산은 무슨 일인가 싶어 가만히 엄마의 행동을 지켜보았다. 엄마는 편지함을 연 뒤, 그중에 가장 최근 것인 듯한 봉투를 꺼냈다. 그러곤 편지를 꺼내어 내밀었다.

사랑하는 아내, 혜련에게

(중략)

감옥에서 목숨을 멈춘다고 하여도 한할 것이 없소. 나는 나의 장래를 자연에 맡기고 다만 평소에 지은 죄과를 참회하고 심신을 새로이 단련하여 옥에 있거나 밖에 있거나 어디서든지 남아 있는 짧은 시간을 오직 화평한 마음으로 지내려 준비하고 힘쓰고 있소.
사랑, 이것이 인생에서 밟아 나갈 최고의 진리요. 인생의 모든 행복은 인류 간의 화평에서 나오고 화평은 사랑에서 나오기 때문이오. 우리가 실제로 경험해 본바, 어떤 가정이나 그 가족들이 서로 사랑하면 화평하고, 화목한 가정은 행복한 가정이오. 그와 같이 사랑이 있는 사회는 화평의 행복을 누리오.
내가 이처럼 고요함을 공부할 생각만 하는 동시에, 이것을 당신에게 선물로 줄 마음이 있어서 '사랑' 두 글자를 보내오니 당신은 사랑하는 남편이 옥중에서 보내는 선물로 받으시오.

(하략)

긴 편지였다. 아버지는 가족 이름을 일일이 부르며, 엄마에게 대신 전했다. 수산은 아버지가 감옥에서는 한 달에 두 번밖에 편지를 보낼 수 없다는 것도 편지를 보고 알았다. 편지 속에서 아버지는 수산이 공부를 마치면, 대한민국에 들어와 결혼도 동양 남자와 하고, 나라를 위해 일하기를 바란다는 뜻을 비췄다. 수산은 미국에서 태어나 미국식 교육을 받으며 살았기 때문에 아버지의 뜻을 따른다는 것이 무엇인지 감조차 잡을 수 없었다. 그러나 아버지가 왜 그런 생각을 하는지 미루어 짐작할 수 있었다.

그동안 엄마는 아버지의 편지를 간간이 공유했다. 이 편지에는 그 어느 때보다 심오한 내용이 많았다. 그래서 엄마는 수산에게 편지를 보여 준 것 같았다.

"아버지는 이미 마음의 준비를 다 하고 계신 것 같다."

엄마 역시 말을 아꼈다. 긴긴 세월 아버지를 기다려 온 엄마의 마음을 누구보다 잘 알기에 수산 역시 아무 말도 할 수 없었다. 집 안 깊숙이 드리운 먹구름을 막을 힘이 없었다. 수산은 깊은 수렁 속으로 온몸과 마음이 빠져들어 가는 것처럼 무기력했다.

아버지가 한 달 반 만에 형무소에서 풀려났다는 소식이 들려왔다. 이즈음 소식은 주로 흥사단 사람들을 통해서 전해졌다. 대한민국 흥사단 측에서 미국 흥사단으로 아버지의 근황을 보내면, 엄마에게 연락이 닿는 식이었다. 대부분의 소식이 어둡거나 긴박한 내용이라, 가족 모두 바늘방석에 앉은 느낌이었다.

"늙은 아버지가 차디찬 감옥에서 견디느라 병색이 짙다던데…. 얼마나 심하면 경찰 놈들이 보석으로 아버지를 풀어 줬겠냐."

엄마는 배표 반납 사건 이후, 또다시 바느질을 시작했다. 아버지의 솜바지를 만드는 중이었다. 유난히 추위를 타는 아버지를 위해 솜을 넣고 한 땀 한 땀 손바느질을 했다. 이날도 바느질하며, 어느덧 장성해서 얼굴도 보기 힘든 자식들 앞에 의견을 내놓았다.

"어머니. 지금이라도 다시 배표를 구할까요?"

한시도 엄마 걱정을 놓지 못하는 필립 오빠가 진지하게 물었다.

"글쎄다. 나 역시 어찌해야 할지 모르겠다. 아버지가 편지에 이런 말을 남겼더라. 우리 가족이 왔다가 경찰에 잡히는 건 참을 수 있지만, 지금까지 자신을 물심양면으로 돕던 사람들에게 짐이 될까 봐 두렵다고…. 오죽 부담이 되면 그 말을 편지마다 쓰셨겠냐?"

"그러니까. 아버지는 어머니가 대한민국에 들어가면 다시는 미국으로 돌아가지 못할 거라 생각하시는 거지요? 너무 앞서서 걱정하시는 거라고요. 저와 필선이가 어머니 사실 방안을 마련해 드린다니까요. 수산도 곧 대학 졸업하면 취직할 거고요."

필립 오빠가 답답하다는 듯, 말했다. 수산은 아버지의 생사 앞에서 '돈'이 이토록 큰 걸림돌이 될 줄 몰랐다. 아버지도 가족이 경제적으로 남에게 짐이 될까 봐 걱정하는 것 아닌가! 그렇다면 엄마혼자라도 아버지 곁으로 보내 드려야 할 것 같았다. 그러나 아직학생 신분인 수산으로서는 강하게 밀어붙일 처지가 되지 못했다. 무엇보다 엄마가 결단을 못 내렸다.

"엄마는 남의 이목이 더 중요해요? 아버지 건강보다?"

수산이 참다못해 아픈 소리를 하고 말았다.

"아버지의 신념을 누구보다 잘 알기 때문이다. 가족을 보고 싶은 심정보다 아침 이슬처럼 살다 가고 싶다는 마음을 편지에 계속 적었거든. 엄마는 아버지의 그 마음을 이해하기 때문에 선뜻 나서지 못하는 거다. 아버지의 뜻을 존중해 주는 것이 진정 사랑 아니겠냐?"

엄마는 살며시 방으로 들어가 편지함을 들고나왔다. 지난번에 수산에게 보여 준 편지 세 통을 공개했다. 두 오빠와 동생들이 돌아가며 읽었다.

"뭐가 옳은 건지 모르겠어요! 독립운동하는 사람은 보고 싶은 가족을 보는 것도 흉이 되고 죄가 된다는 게…. 이해되지 않습니다."

필립 오빠의 한 맺힌 말에 모두 고개만 주억거릴 뿐, 아무도 말을 덧붙이지 못했다. 수산은 조용히 방으로 들어가 오랜만에 아버지에게 편지를 썼다.

존경하는 아버지께

아버지!
열한 살이 되던 해, 처음으로 가족 나들이를 갔을 때가 생각납니다. 아버지는 윌슨산에서 장리욱 아저씨와 애국가를 부르며 눈물을 흘리셨죠. 어린 저는 아버지의 눈물을 깊이 이해하지 못했어요. 그러나 감옥에서 얻은 고문 후유증으로 병상에 계시면서도 가족보다는 나라를 먼저 생각하는 아버지를 보며 생각했어요. 나의 아버지는 정말 남다른 인생을 사셨고, 영원히 혁명가로 사실 분이라고요.
아버지, 저는 지난번에도 말씀드렸듯, 아버지가 하시는 '독립운동'을 풀밭에서 야구공 찾는 일쯤으로 쉽게 생각했어요. 그러나 아버지가 걸어온 길과 엄마가 살아 낸 인고의 세월을 되돌아보니, 절대 그건 아니었어요.
아버지!
저도 대학 졸업반이 되고 나니, 앞으로 무엇을 해야 할지 고민이 됩니다. 그저 아버지가 남긴 어록 속 한 구절을 의지할 뿐입니다. '기회는 기다리는 사람에게 잡히지 않는 법이다. 우리는 기회를 기다리는 사람이 되기 전에 기회를 얻을 수 있는 실력을 갖춰야 한다. 일에 더 열중하는 사람이 되어야 한다.'
말씀대로 제 길을 개척해 나가겠습니다. 무슨 일을 하든. 성실하고 진실하게.

아버지!

엄마의 심연 깊은 곳의 고통을 곁에서 지켜보기 참 힘이 듭니다. 지금 상황에서 엄마라도 아버지 곁으로 보내 드리는 것이 도리인 듯싶습니다만. 엄마는 자신의 그리움보다는 아버지의 뜻을 끝까지 지켜 드리고 싶어 하십니다. 평생 아버지가 지켜 온 자리를 엄마가 망칠까 봐 염려하시는 것 같습니다. 그러면서도 아버지 걱정에 잠 못 이루는 밤이 많은 걸 보면, 제 가슴도 시커멓게 타들어 갑니다.

맏딸로서 제가 무슨 일을 할 수 있을지 꿈속에서라도 알려 주세요.

그리운 아버지. 늘 사랑합니다.

수산 올림

이튿날, 급박한 소식에 이 편지는 우편함 대신, 서랍으로 들어가고 말았다. 영영 부치지 못한 편지 무덤이 된 셈이다.

"도산 선생이 경성대학 부속 병원에 입원하셨습니다."

새벽에 서울에서 직접 걸려 온 전화였다. 처음 있는 일이라 가족 모두 놀랐다. 아버지의 제자라는 분이 어렵게 전화를 한 것 같다. 전화를 끊은 엄마의 얼굴은 영과 혼이 모두 빠져나간 유령 같았다. 새벽바람에 몇 그루 남지 않은 버드나무 잎이 서글프도록 흐늘거렸다.

수산의 가슴속에도 세찬 파도가 일렁였다.

아버지의 묘비명

피 말리는 나날이었다.

엄마는 자유롭게 숨 쉬는 것조차 죄스럽다며 식음을 전폐했다. 그 모습을 곁에서 지켜봐야 하는 자식들 마음 또한 지옥이었다. 특히 수산은 더 했다. 간간이 들려오는 소식만을 기다리고 있는 상황이 답답해서 견딜 수 없었다. 당장이라도 엄마를 모시고 아버지 곁으로 가고 싶었다. 필립 오빠는 언제든 배표를 구해 드릴 테니 갈 의향이 있으면 말씀하시라고 했다.

불행 중 다행은 아버지 친구인 이갑 선생님의 따님이 병간호한다는 소식을 접한 것이었다. 러시아에서 독립운동을 하던 이갑 선생님이 병들자, 아버지는 미국으로 데려와 치료받게 하려고 했다. 그때 엄마가 남의 집 가정부 일과 바느질해서 모은 돈을 몽땅 내놓기도 했다. 미국에 들어오려다, 여러 난관에 부딪혀 목숨을 잃고

만 독립운동가의 딸이 아버지를 극진히 모신다니. 위로가 되었다. 또한 제자들이 일본 경찰의 눈을 피해, 아버지를 찾아뵈려 애쓴다니. 한편으로는 부럽고 고마웠다. 아버지의 병실 앞에는 일본 경찰 30여 명이 지키고 있어서, 제자들도 맘대로 드나들 수 없다는 말에 수산은 소름이 끼쳤다.

"아버지는 중환자면서도 감옥 생활이나 마찬가지이신 거네요. 일본 경찰들은 아버지가 정말 두려운가 봐요. 병실 앞까지 주둔하고 감시할 정도로…. 아버지가 청년들에게 미치는 힘이 크긴 한가 봐요."

수산은 근심에 쌓여 물 한 모금 넘기지 못하는 엄마를 향해 절규하다시피 말했다. 엄마에게 답을 구하고자 한 말은 아니었다. 죽음 앞에서도 냉혈한인 일본 경찰들이 죽도록 미울 뿐이었다.

"일본 경찰은 아버지 말을 두려워할 거야. 나약해지면 안 된다. 독립을 위해 청년들이 일어서야 한다는 말을 전하는 아버지가 눈엣가시인 셈이지. 아마 보석으로 풀려나기 전에 고문이 심했을 거야. 추운 겨울에 '얼음 소독'을 한다며 발가벗긴 채, 종일 밖에 세워 놓고 반성하라는 일도 서슴지 않는 놈들이니까…."

"얼음 소독요? 세상에. 이건 말이 안 되는 인권 유린이라고요. 저는 아버지가 그토록 힘들게 독립운동을 하시는 줄 몰랐어요."

수산은 아버지가 느꼈을 모멸감이 고스란히 자신에게로 전이되는 느낌이었다.

"'잠을 자도 독립을 위해, 밥을 먹어도 독립을 위해'라는 말이 구호만은 아니라는 걸, 엄마는 알지. 그래서 지금 여기에 머물 수밖에 없는 거고."

미국에서 태어나 미국식 인권 교육을 받은 수산은 엄마를 이해할 수 없을 때가 있었다. 뱃삯이 없어서 못 가는 것도 아닌데, 저토록 끙끙 앓으면서도 결단을 못 내리는 마음을 솔직히 알 수 없었다. 수산이라면 당장이라도 배를 탔을 것이다.

아버지의 소식을 간간이 전해 주는 것은 홍사단 사람들이었다. 배표 반납 이후, 절대 얼굴조차 마주치고 싶지 않았지만, 아버지와 연결된 단체라 그렇지 못했다. 그들이 그런 것이 아버지와 나라 걱정 때문이라 생각하니, 수산은 용서가 아닌 이해가 필요하다고 생각했다. 이 모든 것이 나라 잃은 백성의 설움이었다.

아버지가 병원에 입원하고 얼마 지나지 않아, 홍사단원이 집에 왔다. 엄마가 과일 가게 일이 힘에 부쳐 일찍 문을 닫은 날이었다. 서울 소식을 여러 경로를 통해 듣는 간사라며, 엄마 걱정이 되어 일부러 방문한 것이었다. 엄마는 쓰러질 것 같으면서도 과일과 차를 내놓았다.

"여사님. 많이 힘드시죠? 그래도 직접 만나 뵙고 소식 전하러 왔습니다."

"고맙습니다. 고맙습니다."

엄마는 마치 아버지가 살아온 것처럼 반겼다. 수산은 대장부 같던 엄마가 한없이 연약해지신 것 같아, 마음이 아팠다.

"도산 선생님 병명은 '간경변증 겸 만성 기관지염 및 위하수증'이랍니다. 얼마나 힘드실까요. 이토록 많은 병을 안고 사셨으니."

"늘 위가 쓰리고 아프다는 말은 들었지만, 간이 나쁜 줄은 몰랐네요. 추운 바닥에서 감옥살이하시느라 만성 기관지염이 생겼군요. 얼마나…. 고통스러워…."

엄마는 말을 잇지 못하고, 손수건으로 눈가를 훔쳤다. 흥사단 아저씨는 엄마가 진정되길 기다린 뒤, 다른 소식을 담담하게 전했다.

"선생님은 혼절하다시피 누워 계시다가도 정신만 돌아오면, '무스히토야, 무스히토야, 너는 큰 죄를 지은 죄인이다'라고 외치신답니다. 일본 천황을 향해 경고하시는 거지요. 일본 경찰들은 환자가 외치는 소린데도 난리랍니다."

수산은 그 이야기에 놀라움을 금치 못했다. 생각했던 대로 아버지는 정말 남다른 분이라는 생각을 굳힐 수밖에.

"제자나 서울 흥사단원들이 경찰의 눈을 피해 선생님을 찾아뵌답니다. 그때마다…. '청년은 조국의 미래다. 낙망은 청년의 죽음이다'라는 말씀을 하셨다네요. 미국에 계실 때도 강조하셨지요."

"저에게 편지를 쓸 때도 그 말을 꼭 썼어요. '언제든지 스마일'이라는 말과 함께요. 우리 애들도 그렇게 키우라는 뜻으로요."

엄마의 말에 아저씨는 고개를 주억거린 뒤, 다음 말을 이었다.

"여사님. 지난번 배표 사건은 정말 송구스럽습니다. 그래서 이 말씀 꼭 전하러 왔습니다. 얼마 전에 서울에 계신 홍사단 임원이 선생님을 찾아가 물었답니다. 미국에 계신 사모님을 모셔 오면 어떻겠냐고요."

수산은 귀가 번쩍 뜨였다. 자신이 가장 궁금하던 부분이었다. 아버지가 얼마나 엄마를 그리워할까, 그런데 왜 엄마는 저토록 망설이는 것일까?

"선생님은 단호하게 거절 표시를 하셨답니다. 지금 이토록 뼈만 남은 몰골을 사모님이 보시면 더 마음 아프시다고…. 사모님 나오시면 주위 사람들 번거롭게 한다고…. 절대 오시지 말라고 하셨답니다."

"아…. 끝까지…. 나라와 주위 사람들 걱정만 하시는 분…."

엄마는 급기야 오열하고 말았다. 수산도 목울대가 울렁거려 참을 수가 없었다. 자리를 박차고 마당으로 나갔다. 분명 봄기운이 완연한데, 버드나무는 이파리가 한 점도 나오지 않았다. 연못도 황무지나 마찬가지였다. 마음이 아팠다.

'날이 따뜻해지면, 연못 청소도 하고, 연꽃 뿌리도 새로 사다 넣어야지. 아버지가 그토록 사랑하시던 나무와 꽃들인데….'

생각에 잠겨 있는데, 홍사단 아저씨가 밖으로 나왔다. 엄마의 눈물이 끝이 나지 않자, 살며시 자리를 뜬 것 같았다.

"어머니 잘 보살펴 드리세요. 소식 들어오는 대로 전할게요. 그럼 이만…."

"고맙습니다."

수산은 진심으로 고맙고 힘이 된다고 느꼈다. 이 넓은 미국 땅에 아버지를 걱정해 주는 사람들이 가족 외에 존재한다는 사실만으로도.

1938년 3월 10일. 만물이 생동하는 계절에 아버지가 병실에서 홀로 운명하셨다는 소식이 들려왔다.

'사랑하는 조국 땅에 묻히게 되어 기쁘다'라는 말과 '제자가 묻혀 있는 망우리 공동묘지에 묘비 없이 묻어 달라'는 말을 유언으로 남긴 채.

일본 경찰들은 아버지의 죽음이 알려지면 전국적으로 소동이 일어날까 봐 두려워, 망우리 공동묘지도 막았다고 한다. 아버지의 묘지를 찾는 사람은 검문을 통해 뒷조사까지 하는 바람에, 아버지는 죽어서도 감시를 당하는 처지가 된 것이다. 하늘과 땅이 문을 닫는 느낌이었다. 일본이 얼마나 대한민국을 괴롭히고 핍박하는지 눈에 보였다. 수산의 억장이 무너졌다. 너무 아프고 힘들다 보니, 눈물조차 흘릴 수 없었다. 온 가족 모두 발만 동동 구를 뿐, 특별한 방법이 없었다.

"어머니, 2년 전에 아버지 곁에 가셨어야 했어요. 이게 뭡니까? 아버지 홀로 돌아가시게 한, 저는 불효자입니다. 흑흑."

필립 오빠가 엄마를 붙들고 애통해 하는 소리에 모두 눈물바다가 되었다.

"저도 이제 자리 잡고 아버지 뵈러 가려 했는데…. 너무하십니다."

필선 오빠의 독백에 이어 수라가 통곡하듯 외쳤다.

"아버지! 아버지! 사랑해요."

"저는 아버지 얼굴을 한 번도 보지 못했지만…. 나라를 위해 헌신하신 아버지를 존경하고 사랑합니다."

막내 필영의 절규에 엄마는 땅을 치며 울었다. 혁명가 아버지와 함께한 인고의 세월을 생각하며 흘린 눈물이었을 게다.

"아버지…. 어머니…. 두 분이 저의 부모님이신 것이 정말 자랑스럽습니다."

수산은 엄마 앞에 무릎을 꿇고 흐느꼈다. 평생 아버지를 위해 헌신해 온 엄마의 성이 송두리째 무너질까 두려웠다. 쉽게 무너지지 않으리라는 것을 알지만. 그러나 아버지의 죽음은 강철과도 같은 엄마도 감당하기 어려울 듯싶었다.

수산은 그날 밤 도저히 잠을 이룰 수 없었다. 가만히 일어나 그동안 써 놓고 부치지 못한 편지 무덤을 들춰 보았다. 굽이굽이 산을 넘을 때마다, 아버지를 향한 소리 없는 아우성을 기록한 글이라 새로웠다. 개인의 역사가 아니라, 온 가족의 희로애락이 담긴 편지였기에. 더욱 그랬다.

수산은 하얀 도화지를 펼쳤다. 그리고 새로 산 붓펜을 꺼내어 평소 아버지가 힘주어 말했던 문구를 떠올리며 글을 썼다. 아버지를 향한 묘비명이었다. 수산이 표현할 수 있는 아버지에 대한 최대의 존경이었다.

愛妓愛他(애기애타), 자신을 사랑하는 사람이 남을 사랑할 수 있다.

참전, 여전사로!

다행히 엄마는 '대한 여자애국단' 등에서 활발히 활동했다. 아버지는 갔으나, 나라의 독립을 위한 활동은 여전히 진행 중이었다.

중국 난민들과 병사들을 구제하여 한국과 중국의 대일항전 통일전선 운동에 구호금을 보내기도 했다. 엄마는 지금보다 훨씬 가난한 시절에도 성미를 남기듯, 독립 자금을 떼어 놓았다 보내곤 했다. 엄마 혼자만이 아니라, 여성 단체에 나가 적극적으로 자금 모금책을 맡아 했다. 그런 엄마를 볼 때마다, 수산은 자립심을 키워야겠다고 다짐했다. 엄마처럼 살면, 아무리 험한 산이라도 두렵지 않을 것 같았다.

그러나 여전히 대한민국의 독립 소식은 감감했고, 세계는 전쟁 중이었다. 일본군들이 진주만까지 쳐들어가 선량한 시민을 학살한다는 보도가 연일 터졌다. 수산은 전쟁이라든가, 일본의 수탈이라는 말이 예사롭지 않다고 느꼈다. 아버지가 죽기까지 지키려 했던 나라, 대한민국의 독립이 강 건너 불이 아니었다. 아버지가 원하시던 '지도자의 길'에 대해 깊게 생각했다. 비록 대한민국 땅은 아니지만, 미국이란 나라에서 할 수 있는 일이 무엇일까? 아버지의 독립운동을 이어 갈 수 있는 길을 찾고 싶었다. 그것이 아버지가 자신에게 무언으로 들려주는 메시지라 생각했다. 미국 해군이 되는 것을 진지하게 생각한 것은 그때부터였다.

마침 샌디에이고 주립대학 졸업 후 수산은 진로에 대해 심각히 고민하고 있었다. 대학도서관 사서 등으로 간간이 일하면서도 자리를 찾기 위해 분주했다. 아버지가 곁에 계시면 필립 오빠처럼 진로에 대해 상담할 텐데, 그러지 못한 점이 못내 아쉬웠다.

수산은 서재에 들어가 조용히 아버지를 만나는 시간을 가졌다. 아버지가 남긴 연설문집이라든가, 신문에 연재된 글을 찾아 읽었다. 읽을 때마다 새로웠다. 아버지가 남긴 흔적은 시간이 지날수록 보석처럼 느껴졌다. 한참 자료를 찾던 수산의 눈에 확 들어오는 문구가 있었다. 마치 아버지가 하늘에서 내려주는 따스한 목소리처럼 들렸다.

그대는
나라를 사랑하는가?
그러면 먼저 그대가 건전한 인격이 되어라.

우리 중에 인물이 없는 것은

인물이 되려고 마음먹고 힘쓰는

사람이 없는 까닭이다.

인물이 없다고 한탄하는 그 사람

자신이 왜 인물 될 공부를 아니하는가?

'아, 내가 아버지가 말하는 그 인물이 되어야겠구나. 전쟁에 참
여하는 거야. 아버지가 걸어간 길 나도 따르리라. 당당하게.'

수산은 아무에게도 말하지 않고 해군 웨이브(WAVE) 부대 장교
훈련 프로그램에 지원했다. 그러나 아무 이유 없이 탈락했다. 알
고 보니, 동양인 여자라는 것이 탈락 이유였다. 수산은 굴하지 않
았다. 지금까지 당한 보이지 않는 차별이 얼마나 많았던가. 그러나
수산은 그 험한 산을 넘어왔다. 결코 좌절하거나 낙담하지 않았다.

"훌륭한 미국인이 되어라, 그러나 한국인의 자손이라는 것을 잊
지 말아라."

아버지의 말대로 수산은 자신의 정체성에 대해 흔들린 적이 없
다. 동양인 혹은 여자라는 이유로 입대를 거절당한 것에 분노를
표하면 진다고 생각했다. 그저 담담하게 받아들였다.

수산은 진로에 대해 다시 생각해 보았다. 어렸을 때부터 야구를
좋아했고, 대학 시절 야구 선수로 뛴 경력을 이용해, 운동선수로

살아도 좋을 듯싶었다. 오랫동안 생각했지만, 결론은 같았다. 오직 군인이 되고 싶었다.

다시 웨이브 부대에 지원했다. 이번에는 쉽게 결정이 났다. 어쩌면 전쟁 중이라, 지원한 모든 사람을 받아들였는지도 모른다. 입대 결정이 난 뒤, 수산은 가족에게 알리기로 마음먹었다. 엄마에게 알리는 것이 쉽지 않았다. 한인 사회는 여전히 보수적이며 봉건주의 사상이 남아 있는 편이었다. 여자가 군인이 되는 것을 탐탁잖게 생각했다. 특히 도산 안창호의 딸이 미국 해군이 되는 것을 호의적으로 보는 사람은 없었다. 그러잖아도 흥사단 사람들은 수산이 대학 졸업반이 되면서, 심심찮게 결혼 이야기를 꺼내던 차였다. 수산과 수라는 한인 사회에서 결혼 이야기가 나오면 모른 척하거나, 다락방에 숨어야 했다. 그들과 마주치면 더 많은 이야기를 들어야 했기 때문이다. 엄마는 협회나 흥사단원 등을 만나면 딸들의 결혼 이야기를 들었다. 그래서 수산은 더욱 조심스러웠다.

"전 군인이 되어 아버지 대신 일본군과 싸우고 싶어요. 아버지가 평생 못다 한 독립운동을 제가 대신하겠어요."

엄마는 늘 그렇듯 인자한 얼굴로 수산의 손을 잡았다.

"자랑스럽다. 내 딸, 수산! 온 힘을 다하여 최고의 해군이 되도록 해라."

수산은 늘 앞선 생각을 하는 엄마가 너무도 존경스러웠다.

"엄마, 최고세요. 엄마는 늘 내 삶의 나침반이에요. 자랑스러운 딸이 될게요."

엄마를 끌어안으며 감사 표시를 하자, 엄마는 단호한 목소리로 말했다.

"수산! 아버지가 살아 계셨어도 너의 선택을 믿고 지지해 줬을 거다. 지금 이 자체만으로도 자랑스럽다."

온 가족 모두 엄마처럼 수산의 해군 입대를 환영해 주었다. 어려서부터 엄마나 아버지는 여자라는 이유로 주저하지 않기를 바랐다. 오히려 '여성스럽기보다는 거칠게 운명을 헤쳐 나가는 모습'을 강조했다.

수산이 웨이브 부대에 들어가자, 동양인으로서는 최초라는 이유로 많은 관심을 받았다. 처음에는 동양인이라는 이유로 거절까지 당한 것을 생각하면 아이러니가 아닐 수 없었다. 수산은 부대 내의 홍보 부서에서 후원한 라디오쇼에 출연하기도 했다. 그때 처음으로 '독립운동가인 아버지'를 소개하는 자리에서 수산은 자부심을 느꼈다.

《애틀랜타 컨스티튜션》 조간 1면에는 수산을 인터뷰한 기사가 나기도 했다.

한국 영웅의 핏줄, 자랑스럽게 웨이브의 대원이 되다.

"우리 가족은 항상 아버지의 정신을 실천하고자 노력해 왔어요. 아버지는 자신의 전 생애를 일본의 지배로부터 나라를 되찾는 데

바쳤지만, 미국을 믿었어요. 1902년 미국의 민주주의를 배워 한국 인들에게 돌려주기 위해서 여기 미국에 왔던 것입니다. 나의 이 유니폼 입은 모습을 독립운동하다 돌아가신 나의 아버지께 영광 스럽게 바칩니다."

그 후로도 같이 훈련받는 생도들은 수산에게 많은 관심을 보였 다. 다른 매체에서도 인터뷰 요청이 많이 들어 왔다. 수산이 한국 사람이며 로스앤젤레스에서 태어났다고 하면 한결같이 이어지는 질문이 있었다.

"코리아는 어디에 있습니까?"

"코리아가 처한 상황을 깨닫기 전까지 우리 아버지가 얼마나 큰 일을 맡고 있었는지 여러분은 상상할 수 없을 거예요. 코리아는 구 한말부터 일본의 지배 아래에 있었어요. 그러다 1910년에 완전히 식민 국가가 되었지요. 국민은 자기 집 안을 제외하고는 거리나 상 점, 학교 등 모든 곳에서 일본말만을 써야 해요. 태극기는 볼 수 없 고, 애국가도 부를 수 없었죠. 실제로 태극기를 흔들었다는 이유로 어린이들이 팔이 잘린 일도 있고요. 저는 어렸을 때 일본인들에게 귀를 잘린 채, 피 흘리며 죽어 가는 사람의 사진을 본 적도 있어요. 그들은 참으로 잔인해요. 여자, 어린아이 할 것 없이 누구든 대한 민국 사람이면 잡아서 죽이거나 불구로 만들고 있지요. 희망이 없 는 곳에서 아버지는 임시정부 일을 도맡아 하는 등, 학교를 세우고 청년들에게 연설하며 27년간이나 독립운동을 했어요. '인도의 간디'처럼 민주주의적인 방법으로 나선 것이지요. 아버지는 독립을 보지 못한 채 돌아가셨지만, 국민에게 희망을 심어 주셨습니다."

인터뷰가 나가자, 부대에서 수산의 위치는 하루아침에 달라졌다. 그녀의 당당함이 모든 방해물을 제거한 셈이다.

'내 몸속에 아버지의 유전자가 살아 움직이는 것을 느낄 수 있어. 앞으로도 더욱 군인답게 나아갈 거야.'

수산 역시 군인으로서 재다짐을 한 계기가 되었다.

해군은 링크 모의 비행 훈련기 학교에 수산을 배정했다. 8주간 훈련받는 과정이고, 누구나 거쳐야 하는 과정이었다. 해군 전투기 조종사를 위한 새로운 훈련 체계며 전쟁 중에 터득해야 할 훈련이었다. 수산은 무엇이든 영광이라 생각하고 적극적으로 임했다. 훈련을 위해서는 기차를 타고 애틀랜타에 가야 했다. 기찻길에서 꼬마들이 놀다 손을 흔들었다. 수산은 어린 시절을 떠올렸다. 늘 부재중인 아버지 대신 손발이 닳도록 일하는 엄마를 돕기 위해 철로에 나가 석탄을 주웠던 기억. 온몸이 시커멓도록 양동이에 석탄을 가져오면 엄마는 야단을 치는 것도 아니고, 그렇다고 칭찬을 하는 것도 아닌 애매한 눈빛으로 바라보았다. 성인이 되어 생각하니 연민이었다. 대공황의 여파로 나라 전체가 어렵던 시기였다.

그때 열다섯 살이었던 아이가 스물일곱 살 해군이 된 것이 수산

스스로도 신기하고 놀라웠다. 수산은 비록 군복을 입고 기차를 타고 훈련받으러 가는 길이었지만, 내내 흥분되었다.

'가족 여행이라고는 내 생일 날, 아버지와 함께 바닷가 나간 게 처음이자 마지막이었네. 늘 주말마다 가족 여행 떠나는 소피아가 부러웠는데…. 엄마는 우리 다섯 자녀를 키우며 제대로 여행이라는 걸 해 본 적이 없네. 진짜 대단한 나의 엄마….'

수산은 철이 들면서 맛있는 것을 먹어도, 멋진 풍경을 보아도 늘 엄마 생각을 했다. 모든 걸, 자식을 위해 포기하면서도 전혀 내색조차 하지 않는 엄마, 아니 어머니를 존경하지 않을 수 없었다.

수산도 성인이 될 때까지 여행은 사치라고 생각했다. 그래선지 기차 안에서 본 창 밖 풍경은 완전히 딴 세상이었다. 그림처럼 아름답고 신비로웠다. 이렇게 넓고 광활한 세상이 존재하는 줄 몰랐다. 우물 안 개구리처럼 산 시간에서 벗어나고 있다는 생각에 어깨가 절로 올라갔다. 이제 엄마의 희생으로 살아온 세월에서 스스로 설 수 있는 사람이 되었고, 거꾸로 엄마가 값없이 준 사랑의 빚을 갚을 차례가 되었다는 생각이 들었다. 일단 해군 장교복을 당당하게 입는 것부터가 먼저였다.

훈련 학교가 있는 애틀랜타는 후미진 도시였다. 수산이 태어나고 자란 로스앤젤레스보다 더했다. 이민자들이 많지 않은 도시임에도 룸펜들이 여기저기 뒹굴며 시간을 죽이고 있었다. 그런데도 사람들은 수산을 힐끔거리며 수군거렸다. 몹시 기분 나빴다. 미국이라는 거대한 나라의 후진성이 여실히 드러나는 순간이었다. 고등학생 시절 남학생들이 놀리던 생각이 났다. 그날 밤, 수산은 수라에게 넋두리 삼아 편지를 썼다.

나는 아직도 이상한 사람처럼 보이는가 봐. 사람들이 무례하게 나를 노려보거나 멍하니 바라보는 일이 아주 흔해. 그들은 나를 보며 서로의 옆구리를 쿡쿡 찌르거나 귀에 대고 속삭이기도 하지. 하루는 내가 식당 옆을 지나는데, 한 녀석이 창밖으로 나를 보고 있는 거야. 그 녀석은 나를 보더니만 음식을 집어 입에 넣으려던 포크를 허공에서 멈추고서는 입을 쩍 벌리는 거야. 나는 거의 죽는 줄 알았지. 참 웃기는 일이지.

수산에게 낯선 도시에서의 생활과 고된 훈련에서의 피로를 없애 주는 건 가족과 편지를 주고받는 시간이었다. 수라는 다정하면서도 친근하게 집안 사정을 말해 주었고, 그리움 가득 실어 답장을 보냈다. 수산은 엄마에게 편지를 쓰려다가도 못내 그만두었다. 켜켜이 쌓인 가슴속 사랑의 밀어를 쏟아 놓기엔, 시간이 너무 부족했다. 우편료도 만만치 않았다. 훈련생이 받는 쥐꼬리만 한 봉급으로는 전화료와 우편료도 감당하기 힘들었다. 여전히 주머니 사정은 가난했지만, 목표를 향해 가는 여정이라 불만은 없었다.

모의 비행 훈련이 끝난 뒤, 수산은 매사추세츠주의 노샘프턴에 있는 스미스대학 장교 훈련소로 떠났다. 수산은 해군에 입대할 당시만 해도 이토록 많은 곳을 돌아다니며, 고된 훈련 과정을 밟을 줄 몰랐다. 그저 총 쏘는 법이나 배운 뒤, 전쟁터에 나가는 줄 알았다. 착각이었다. 장교로 임관하기 위해서는 배우고 익혀야 할 것이 많았다. 왜 사람들이 '여군으로 입대'하는 것을 말렸는지 조금 이해되었다. 그러나 수산은 자신의 선택을 후회하지 않았다. 고된 훈련 뒤에 올 결과를 먼저 생각했다. 당당한 해군 장교로 살 날을 상상하는 것만으로도 뿌듯했다.

수산은 해군사관학교의 생도로서 스미스대학에 발을 들여놓은 최초의 한국인이었다. 미국 사회 내에서도 여자가 황금빛 해군 장교복을 입는 경우는 드물었다. 같은 부대 내에 있는 남자 생도들도 처음에는 수산을 색다른 눈으로 바라보았다. 온몸을 훑기도 했고, 자기들끼리 수군거리기도 했다. 그뿐만 아니라, 수산이 곁에 가면 은근히 피하는 눈치였다. 수산은 워낙 남의 눈치 따위 신경 쓰는 성격이 아니라, 처음에는 덤덤했다. 그러나 보이지 않는 이상한 기류는 참을 수 없을 만큼 피로했다.

어느 날, 함께 장교 훈련을 받던 여자 동료가 잡지 한 권을 건넸다.
"코리아에 대한 이 기사 사실이야? 수산!"

동료는 큰 비밀이라도 담긴 폭탄처럼 잡지를 건네곤 수산을 뚫어지게 바라보았다. 그 당시 미국 전역에서 꽤 인기 있는 종합 잡지였다. 수산은 급히 기사를 들춰 보았다. 아뿔싸. 어마어마한 내용이 활자화되어 춤을 추고 있었다. 한국 소녀들이 돈을 벌기 위해 일본군을 따라 전쟁터를 전전한다는 내용이었다.

"이 잡지 훈련 생도들이 돌려 가며 읽더라고."

동료는 수산의 얼굴색을 살피며 말했다.

이런 엉터리 기사를 훈련생들이 돌려가며 보다니. 모든 언론 기사는 일단 발표되면 오류일지언정 사실로 받아들여지는 경우가 많다. 수산은 그제야 남자 생도들이 왜 자신을 이상한 눈빛으로 바라보았는지 짐작이 갔다. 유일한 동양인이자 한국인인 수산 자신을 같은 시선으로 바라보았을 남자 생도들을 생각하니 소름이 끼쳤다.

"이 기사는 완전 오보야. 대한민국은 유교 정신이 강한 나라라 여성들의 순결을 목숨처럼 생각한다고. 그런데 매춘이라니. 이건 일본 놈들이 위안부로 소녀들을 강제로 끌고 가 놓고 억지를 부리는 거라고."

수산은 답답했다. 이런 기사가 어떻게 미국 내 많은 사람이 읽는 잡지에 실릴 수 있는지 화가 났다.

그날 밤, 수산은 숙소로 돌아와 여러 경로를 통해 기사에 대한 오해를 풀려 애썼다. 하지만 전쟁 중이라 정보를 쉽게 얻을 수 없었다. 수산은 아버지가 그토록 사랑하는 나라에서 매춘으로 소녀들을 내보낼 리 없다고 믿었다.

마침 이튿날이 주말이었다. 수산은 장거리 전화 요금이 마음에 걸렸지만, 필립 오빠에게 전화를 걸었다. 자초지종을 말한 뒤, 사실을 알고 있는지 물었다.

"무슨 말이야? 그건 완전 오보 맞아. 일본 놈들이 15만 명이나 되는 소녀들을 위안부로 징발한 사실을 왜곡한 거지. 공장에 취직 시켜 준다고 순진한 시골 소녀들을 꼬드긴 거라고. 그런데 어떻게 미국 내 잡지에 그런 기사가 실리니. 이 문제는 국제적으로 여론화해야 할 큰 문제라고."

알고 보니, 일본군은 대한민국 여성들을 미얀마, 인도네시아, 태평양의 여러 섬에 위안부로 내보낸 것이다. 나이 어린 소녀들이 낯설고 물선 이국땅에서 일본 군인들의 노리개가 되어야 한다니. 기가 막혔다. 나라를 잃은 억울함이 고스란히 드러난 것이었다. 수산은 집에 머물 때, 아버지가 활동하던 당시 동지들에게 했던 말이 생각났다.

우리의 힘이 부족하므로 망국의 화를 받았고, 또한 우리의 힘이 부족하므로 광복의 사업을 실현키 불가능함을 깊이 깨닫고 힘을 준비하기로 서로 평생에 몸을 허락하여 단결하였나이다.
그런즉 우리는 근본부터 힘을 믿는 무리요, 힘이 부족한 것을 한하던 우리외다.

수산은 주말이 지난 뒤, 자신에게 잡지를 보여 준 동료를 찾아 갔다.

"대한민국 여성들의 희생을 이렇게 엉뚱하게 기사를 쓴 건, 미국 잡지답지 않아! 이건 바로 잡아야 할 문제라고."

수산의 말에 동료는 공감한다는 뜻으로 손을 잡았다. 수산은 흥분을 가라앉힌 뒤, 조곤조곤 대한민국 사정을 알려 주었다. 아울러 아버지의 독립운동 역사까지 말하자, 동료는 놀라 입을 다물지 못했다.

"수산, 어쩐지 남다르다 싶었어. 혁명가의 딸이었네. 대단해."

수산은 사람들에게 이런 사실을 알리고 싶었다. 여러 가지 방편을 알아보다, 편을 갈라 야구를 하는 팀에 자발적으로 들어갔다. 이 또한 고등학생 시절과 비슷했다. 가만히 앉아 상대가 자신을 이해해 주길 바라는 것이 아니라, 적극적으로 나서서 이해하게 해 주자는 마음이 컸다. 특히 야구는 수산 자신의 주특기 운동 아닌가!

처음에는 멋쩍어하던 남자 생도들이 수산의 활약에 혀를 내둘렀다. 수산은 멋진 타구를 날리고, 힘든 땅볼을 걸어 올렸다. 또한 아주 빠르게 베이스를 훔쳤다. 프로 선수 못지않은 활약에 남자 생도들도 두 손 두 발 다 들었다. 야구를 하며 조금씩 서로를 알아 가고 친해지면서 수산은 자연스럽게 '대한민국 알림이' 역할을 했다. 식민 생활을 하는 대한민국 사람들의 어려움을 먼저 말한 뒤, 잡지에 실린 기사가 오보라는 사실을 강조했다. 다행히 남자 생도들이 수산을 대하는 태도가 완전히 바뀌었다.

'가랑비에 옷 젖듯, 내 주변부터 사실을 알리다 보면, 상황은 나아질 거야.'

수산은 특히 아버지의 기운을 받아선지, 인터뷰할 때도 상관과 대화를 나눌 때도 당당했다. 어디를 가도 여자 혹은 동양인이라는 이유로 지레 겁을 먹는 경우는 드물었다. 오히려 매사에 똑 부러지며, 훈련 과정이 끝나면 치르는 시험 성적도 늘 상위권이었다.

그러나 장교가 되는 일은 많은 것을 희생해야 했다. 사회 활동도 없고, 일요일의 야유회도 없고, 심지어는 편지 쓸 시간조차 없었다. 그래도 수산은 감기는 눈을 억지로 치켜뜨며 가족과 엄마에게 편지 쓰는 시간을 즐겼다.

내 삶의 롤 모델인 엄마!

엄마, 백 번을 아니 백만 번을 불러도 부족한 나의 엄마!
훈련이 고되다 싶다가도, 엄마의 삶을 생각하면 이쯤이야, 싶을 때가 많아요. 엄마는 내 나이보다도 더 어린 나이에 엄마가 되었으면서도 위대했어요. 그 많은 사람 대접하면서 한 번도 생활이 궁핍하다는 것을 내색하지 않으셨지요. 혼자 힘으로 다섯 자식을 키우실 때도 부정적인 말보다는 늘 긍정적이셨어요. 인자한 미소는 필수였고요.

엄마는 아버지를 혁명가로 만드신 분이세요.

솔직히 아버지는 우리에게는 다소 서운하고 무심한 부분이 많았지요. 그 빈 부분을 엄마가 채워 주셨어요. 고아처럼 쓸쓸할 때마다 엄마가 손잡아 주셨어요. 가난해도 초라하지 않았어요. 미국인으로 태어났지만, 한국인임을 잊지 말라시던 아버지의 뜻을 엄마는 우리 뼛속까지 심어 주셨어요. 제가 군에 와 보니, 아버지가 왜 그토록 대한민국의 독립을 위해 목숨까지 바치셨는지 알 것 같아요. 일본군이 전 세계를 침략하기 위해 벌이는 악랄한 짓을 여실히 보고 있으니까요

엄마, 이제 곧 제가 장교복을 입게 될 것 같아요. 훈련이 혹독하긴 했지만, 저 자신이 자랑스럽습니다. 이 모든 건, 아버지의 정신과 엄마를 닮고 싶어 달려온 길 위에서 얻은 상입니다.

고맙습니다.

수산 올림

편지에 쓴 대로 훈련은 혹독했다. 그 결과 미국 해군 예비대 소위로 임명받았다. 수산은 장교복을 입고 거울을 보았다. 자신이 보기에도 기품이 넘치는 것 같아 기분 좋았다. 당당한 모습 속에 아버지가 살아 숨 쉬는 것 같았다.

"제복 입은 제 모습 멋있죠? 아버지."

수산은 가을 햇살 속에 가려진 하늘을 보며, 혼자 중얼거렸다.

꿈같은 휴가

졸업과 임관을 마친 수산은 하늘을 향해 미소 지었다. 지난 1년간 집에 가지 못한 대신, 늘 머릿속에서 엄마의 요리를 떠올렸다. 엄마는 한국 음식이나 미국 음식 무엇이든 잘했다. 그러나 수산은 유독 하얀 쌀밥에 된장국이 먹고 싶었다.

그러나 아직 집으로 돌아갈 기회는 닿지 않았다.

수산이 해군 소위로서 받은 첫 명령은 워싱턴에 있는 해군 항공 기술국에 신고하는 일이었다. 수산이 흰 장갑을 끼고, 왼쪽 팔밑에 모자를 끼고서 차렷 자세로 자신의 신상 카드를 제출하며 말했다.

"소위 안수산, 전입 명령을 받았기에 이에 신고합니다."

"전입을 환영한다. 안 소위."

소위라는 말을 듣는 순간의 황홀감이 채 가시기 전, 2주일 만에 수산은 플로리다의 펜서콜라 해군 항공기지로 가게 됐다. 한마디로 뺑뺑이를 돌리는 셈이었다. 수산에게 내려진 임무는 포격술 장교였다. 미국 최초의 여성 포격술 장교가 된 것이다.

수산은 훈련생들에게 포격술을 지도할 때마다 한 기억을 떠올렸다.

아버지의 부재로 힘들어할 때 본 사진 한 장. 귀가 잘린 아이를 놓고도 일본군들은 웃고 떠들었다. 끔찍했다. 일본군들의 채찍을 맞으며 소처럼 끌려가는 양손 묶인 포로 군인의 사진도 있었다. 그때는 단지 무섭다는 생각뿐이었지만, 군인이 되어 일본군의 악랄함을 보고 듣다 보니 온몸으로 실감 났다. 그래서 수산은 더더욱 아버지가 못다 한 일. 딸로서 반드시 이루리라고 결심했다.

수산은 포격술을 가르칠 때 냉정하면서도 정확했다. 수산은 포를 쏠 때마다 과녁의 한가운데를 어릴 때 사진에서 본 일본군이라고 생각했다. 백발백중이었다. 훈련생들은 수산의 시범을 보며, 뛰어난 실력에 놀라움을 금치 못했다.

수산은 얼마 지나지 않아 해상 임무를 위한 포격술 전문가들을 양성하는 일을 맡기도 했다. 전쟁은 계속되었고, 훈련 중임에도 전쟁의 기운은 피부로 와 닿았다. 죽음에 대한 공포는 누구나 갖고 있었다. 수산은 일본군들이 전 세계를 휘저으며, 민간인 학살 등을 일삼는 것을 보며, 두려움보다는 분노를 더 느꼈다.

군대에서의 시간은 느리면서도 빠르게 지나갔다. 훈련 중이지만, 잠깐 고향으로 돌아갈 수 있는 '휴가' 기간이 다가왔다.

캘리포니아 롱비치를 지나는 길에 잠깐 집에 들를 기회를 얻은 것이다. 수산은 프로펠러 비행기를 12시간이나 타고 왔지만, 공짜라 다행이라 생각했다. 해군 소위 봉급으로 비행기를 타고 집에 가는 것은 엄두도 못 낼 일이었기 때문이다. 전쟁 중에 맞는 휴가라 더욱 의미가 깊었다. 수산은 필립 오빠가 공항으로 마중 나와 준 것에 깊이 감사했다. 오빠는 이제 배우로서 입지가 더욱더 견고해져서인지, 자세부터 달랐다.

"필립 오빠, 가끔 용돈 보내 줘서 고마워!"

수산은 주머니가 비어 갈 때마다 용돈을 보내 준 오빠 덕분에 빈털터리를 면할 수 있었다. 큰오빠는 여전히 집안의 가장 역할에 최선을 다했다.

"미국 해군 장교복을 입은 네 모습이 너무나 멋지다."

필립 오빠는 배우처럼 멋진 모습으로 수산을 칭찬했다. 참 자랑스러운 오빠였다. 필립과 수산은 쉼 없이 웃고 떠드느라, 시간 가는 줄 몰랐다.

드디어 엄마가 머무는 집에 다다랐다. 예전에 살던 집에서 옮긴 지 얼마 되지 않아 낯설었다. 하지만 엄마가 계신 곳이면 어디든 정겨웠다. 어느덧 머리에 살구꽃이 피기 시작한 엄마가 맨발로 뛰어나와 수산을 반겼다. 수산은 울컥, 가슴 저 깊은 곳으로부터 뜨거운 눈물이 치솟는 걸 참고 씩씩하게 경례를 올렸다.

"소위 안수산! 어머니께 인사드립니다."

엄마는 수산을 힘껏 껴안아 주었다. 어쩌면 그 순간, 엄마는 아버지의 귀환이라 생각했는지도 모른다.

"수산! 자랑스럽다. 당당하고 멋지구나!"

"엄마 덕분입니다."

한동안 말을 잇지 못한 채, 껴안고 있던 엄마는 수산에게 갈아입을 옷을 내놓았다. 수산은 작지만 아담한 마당으로 내려가 주위를 살펴보았다.

피게로아 106번지에 살던 때가 떠올랐다. 아버지가 심은 버드나무가 축축 늘어지고, 연꽃이 피고 지던 언덕 위의 슬래브집. 지금 집은 아버지의 사랑과 혼이 담긴 집이 아니라는 생각 때문인지, 아버지가 가꾸었던 예전 집이 그리웠다.

"버드나무는 휘어지나 쓰러지지 않는단다. 황토물 위에서도 아름다운 꽃을 피우는 연꽃처럼 너희들이 살기를 바란다."

낮은 목소리로 말씀하시던 아버지의 목소리가 들려오는 듯싶었다. 아버지는 감옥에 있으면서도 나무와 정원을 가꾸는 것이 마음을 가꾸는 것이라는 말을 편지로 보내시곤 했다.

새로 이사 온 집에는 버드나무도, 연꽃이 지천인 연못도 없다. 아버지가 절대 돌아오실 수 없는 것처럼. 그래도 엄마는 작은 모퉁이에 온갖 꽃들을 심어 놓았다.

"수산 언니! 진짜 장교 제복을 입었네. 멋지다."

아리따운 숙녀로 변신한 수라가 소식을 듣고 나타났다. 둘은 얼싸안고 한동안 뱅뱅 돌았다.

"수라야! 너도 실험실 연구원다워졌구나. 아주 멋져."

캘리포니아대학 사회학과를 졸업한 수라가 군수공장 실험실 기술자로 일하고 있다는 것을 안 수산은 동생이 자랑스러워 한껏 칭찬해 주었다.

땅거미가 지자, 필선 오빠와 막내 필영이 왔다.

"푸른 제복의 해군! 안수산 누나, 정말 자랑스럽다."

열 살 아래인 필영이 거수경례로 누나를 맞았다. 필영도 대학을 졸업하면 군에 입대할 생각이라며 수산에게 더욱 관심이 많았다. 수산에게 막내 필영은 언제나 아기 같다. 늘 보호해 주고 싶다. 그만큼 애정이 많이 가는 동생이다.

대학 졸업 후, 활발하게 사업 중인 필선 오빠 역시 수산을 자랑스러운 눈길로 바라보았다.

"우리는 늘 하나였어. 오늘처럼. 난 훈련을 받으면서도 엄마와 우리 형제자매만 생각하면 두려울 게 없었다니까. 모두 바쁜데 와 주어서 고마워."

수산이 감격스러운 목소리로 외쳤다. 진심으로 기쁘고 행복했다. 수산은 지금까지 단 한 번도 형제자매 간에 갈등이나 다툼이 없었던 것에 새삼 감사했다. 모든 것이 엄마의 헌신 덕분이었다.

수산은 엄마가 음식을 준비하는 사이, 방 안을 둘러보았다.

건넌방에 들어서자 놀라운 광경이 펼쳐졌다. 아버지의 사진이며 유품들로 발 디딜 틈이 없었다. 그동안 엄마와 아버지가 주고받은 편지함은 물론 처음 보는 물건도 많았다. 흥사단 활동 시기부터 내려오던 각종 기록이며 자료가 가득했다. 아버지의 낙관, 일기, 편지, 담배 파이프, 태극기, 김구 선생님과 나눈 편지, 성가집 등 금전적 가치로는 가늠이 안 되는 물건들이 수산을 반겼다. 아버지가 살아 돌아온 것처럼 반가웠다. 아버지 사진을 쭉 살폈다. 수산은 새삼 놀라운 점을 발견했다. 늘 똑같은 양복에 낡은 구두를 신은 아버지. 콧등이 찡했다. 아버지는 자신을 위해서는 구두 한 켤레도 제대로 갖추지 않은 것이다.

수산은 자신의 생일날, 바닷가에 가 찍은 사진을 보며 혼자 중얼거렸다. 아버지의 얼굴을 마지막으로 본 사진이라 남달랐다.

"아버지, 얼마나 그리웠다고요. 좀 더 자주 집에 오셨어야 했어요. 지금도 여전히 아버지가 그리워요."

"언니, 어서 나와서 식사해."

수라의 말에 수산은 도망치듯 밖으로 나왔다. 드디어 엄마와 두 오빠, 그리고 사랑하는 여동생 수라, 눈에 넣어도 아프지 않을 막냇동생 필영, 이렇게 온 가족이 식탁에 둘러앉았다. 이제 '엄마의 밥상'을 맛있게 먹을 일만 남았다. 수산은 진수성찬으로 차려진 식탁을 보며 환호성을 질렀다.

"역시 엄마의 밥상 최고! 정말 먹고 싶던 된장찌개, 잡채…. 그리웠어요. 많이."

수산의 말에 모두 공감한다는 듯, 반찬 그릇을 금방 비웠다.

'엄마의 밥'은 동부에서 먹은 길쭉하고 푸슬푸슬한 쌀이 아니었다. 찰기가 자르르 흐르는 고급지고 찰진 밥이었다. 엄마의 밥상에선 모든 음식이 다 기름지고 윤기가 흘렀다. 김치 맛을 보는 순간, 눈물이 핑 돌 지경이었다. 아버지는 엄마의 겉절이를 무척이나 사랑했다. 어린 시절 사람들을 초대해 식사하던 아버지의 모습이 떠올랐다. 수산이 게걸스러울 만큼 정신없이 먹는 모습을 보던 엄마가 독백처럼 말했다.

"아버지가 해군 장교복을 입은 수산의 모습을 보셨다면…."

"분명 자랑스러워하셨을 거예요."

엄마가 우실까 봐 필립 오빠가 일부러 큰 목소리로 말하자, 모두 손뼉을 치며 좋아했다. 가족의 사랑이 듬뿍 느껴지는 순간이었다.

"엄마, 아버지 유품이 저렇게 많은 줄 몰랐어요. 대단하네요."

"어느새 둘러보았구나…. 엄마가 그동안 아버지의 행적을 찾아 모아 봤어. 흥사단에서 챙겨 준 자료들도 많고…."

"엄마가 무척 신경 써서 수집해 놓은 것들이야. 대한민국 역사가 우리 집에 집결된 셈이지. 박물관 차려야 할 것 같아."

필립 오빠도 자랑스럽게 말했다.

"기회 봐서 조국에 기증하려는데 너희 생각은 어떠니? 어림잡아 2500건 정도는 되니까. 역사적으로 귀중한 자료도 꽤 많아. 흥사단 임원들도 대찬성이더구나."

"어머니, 잘 생각하셨어요. 기증하는 데 필요한 절차 등 제가 차차 알아볼게요."

필립 오빠의 말에 엄마는 모든 걸 맡긴다며 흐뭇해했다.

"잘 생각하셨어요. 언젠가 엄마 모시고 아버지가 죽도록 사랑한 대한민국에 가 보고 싶어요. 그때쯤이면 박물관에 아버지의 유품이 전시되겠지요."

수산의 말에 모두 고개를 끄덕였다.

짧지만 에너지 듬뿍 받은 휴가를 마치고 수산은 다시 해군으로 돌아갔다. 전쟁터로 돌아가는 것이지만, 두렵지 않았다. 첨단 기술로 무장한 미국 군대에서 적군과 싸우는 일은, 맨몸으로 싸운 아버지와는 비교가 안 된다는 생각에.

수산은 전쟁 중에 소위에서 대위까지 고속 승진했다. 승진 시험 공부도 열심히 했고, 훈련도 성실히 받았다. 세계정세가 돌아가는 것을 자세히 살펴보면서. 수산은 미국 군인으로 참전했지만, 늘 머릿속에는 대한민국의 독립에 관심이 있었다. 연합군이 형성되면서 일본군들이 예민해져 가는 것을 보며 속으로 쾌재를 불렀다. 그러면서도 수산은 해군 비행사들에게 공중전을 가르치는 포격술 장교 역할을 열심히 했다. 얼마 지나지 않아 미국 해군 통신본부에 배치되어 일본군 암호를 해독하는 일을 담당하기도 했다. 수산이 동양인이기 때문에 당연히 일본말을 할 줄 안다는 상부의 오판이었지만, 수산은 끝까지 최선을 다했다. 수산은 성실과 인내심, 그리고 책임감으로 어려운 암호 해독부터 비밀통신 취급까지 임무를 훌륭히 수행했다. 그것은 이슬처럼 밴 아버지의 정신과 엄마로부터 배운 성실함이었다.

세계 전쟁은 연합군에게 점점 더 유리해졌고, 일본군과 독일군이 수세에 몰리는 추세였다. 수산은 마음속으로 쾌재를 불렀다.

'이런 식으로 가면, 분명 일본은 패망할 것이고, 아울러 대한민국은 독립하게 되겠지. 어서 그날이 왔으면. 아버지 대신 전쟁에 나오길 잘한 거야. 내 눈앞에서 일본의 패망을 보게 될 날이 머지 않았으니…'

드디어 독립

일본은 점점 기력을 잃어 가고 있었다. 수산은 최신 정보를 통해, 트루먼이 일본에 조건 없는 항복을 요구한다는 것을 알았다. 내심 다행이다 싶었다. 조건이 있는 협상과 협약을 통한 항복은 대한민국 독립에 도움이 되지 않는다는 걸 알았기 때문이다.

1943년에 카이로선언이 있을 때도 수산은 많이 걱정했다. 미국과 영국 그리고 중국 세 나라 정상들이 이집트 카이로에서 회의를 통해 발표한 내용은 일본이 패망하면, 한국의 독립을 보장한다는 것이었다. 수산은 강대국의 간섭하에 이루어지는 독립은 완전할 수 없다는 걸 알았다. 전쟁 중에 해군으로 근무하며 훈련생을 지도하면서도, 수산의 마음은 늘 대한민국에 있었다. 미국 해군이 참여한 연합군에 일조하면서도, 조국의 향방에 더 관심이 많았다. 진정한 독립이 되려면, 아버지 말대로 대한민국 국민의 독립 정신이 우선이었다. 이럴 때일수록 아버지의 정신이 필요할진대, 이미 아버지는 떠난 뒤였다.

태양이 작열하는 8월 15일, 드디어 일본이 항복했다. 수산은 이 소식을 누구보다 먼저 알았다. 다른 해군 장교들은 그저 덤덤한 얼굴로 전쟁의 승리를 맞았다. 그러나 수산은 달랐다. 마치 마라톤 대회에서 결승점에 다다른 것처럼 흥분되었다. 수산은 뛰는 가슴을 안고 라디오에 귀를 기울였다. 일본 천황 히로히토의 희미하면서도 절망에 젖은 목소리가 라디오에서 흘러나오고 있었다.

느릿느릿하면서도 얼버무리는 듯한 일본 천황의 발언은 유쾌하지 못했다. 수산은 히로히토의 말을 전부 이해할 수 없었다. 통역원의 말도, 어휘조차 모르는 게 많았다. 하지만 분명한 건, 항복 선언이었다. 꿈같은 일이었다. 특히 수산은 자신이 군복을 입은 상태에서 대한민국의 독립을 맞게 된 것이 기뻤다. 감격 그 자체였다. 가장 먼저 생각나는 것은 아버지였다. 아버지가 하늘나라에서 분명 대한민국의 독립을 지켜보고 계실 것이라 믿었다. 하늘을 올려다보았다. 절로 목이 멨다. 그리고 한평생 이날을 기다린 어머니 얼굴을 떠올렸다. 군에 와 여기저기 옮겨 다니며, 훈련받느라 자주 연락은 못 했지만, 오늘만은 엄마와 이야기를 나누고 싶었다.

수산은 휴게실로 내려가 전화를 걸었다. 전화는 연결되지 않았다. 몇 번을 끊었다 다시 건 뒤에야 엄마 목소리가 들렸다. 엄마 역시 몹시 흥분한 상태였다.

"엄마, 독립되었네요. 대한민국이⋯."

"수산, 사람들이 우리 집으로 몰려와서 정신이 없단다. 모두 축하를 한자리에서 나누고 싶은 거지. 이런 날이 올 줄 몰랐다. 그토록 염원했건만⋯. 실제로 독립이 될 거라 믿지 못했던 거지. 아버지가 이 소식을 들었으면 얼마나 좋았을까. 오늘은 정말 아버지 생각이 간절하다."

엄마의 목소리가 잠겨 가는 걸, 전화선 너머에서도 수산은 느낄 수 있었다. 기쁘면서도 안타까운 심정이었다. 엄마 곁에 늘 사람들이 북적댄다는 건, 다행이다. 그만큼 엄마의 희생과 헌신을 인정해 주는 사람들이 많다는 뜻이므로.

"엄마, 전쟁이 끝났으니 저도 곧 집으로 돌아갈 거예요."

수산은 일정을 정하지 않고 '곧' 엄마를 보러 간다는 말을 전했다. 실제로 당장이라도 엄마 곁으로 달려가 기쁨을 함께 나누고 싶었다.

"항복 선언이 발표되자마자 벌써 많은 사람들이 다녀갔다. 참 고맙지. 아버지가 없는 집이지만, 여전히 이곳을 공립협회라고 생각하니 말이야."

엄마는 예전보다 훨씬 더 한인 사회나 대한여자애국단 등에 애정을 갖고 참여했다. 홀로 견뎌 내야 하는 고독과 외로움을 그분들과 활동하는 것으로 많이 잊는 듯싶었다. 무엇보다 엄마는 독립 자금을 빼놓지 않고 잘 모았다 때가 되면 고국으로 보내는 일을 철저히 했다. 어릴 때도 수산은 엄마가 성미 남기듯, 돈이 들어올 때마다 따로 모으는 걸 수없이 목격했다. 사춘기 때는 엄마가 삯바느질로 번 돈을 아버지의 독립 자금으로 보내는 것에 화를 내기도 했다. 엄마가 더 불쌍하다고. 철없는 행동이었다.

아버지는 없어도 변함없이 지키려는 엄마의 마음을 수산은 군에서 더 많이 느꼈다. 자신의 어머니지만, 위대한 여성이라는 생각이 들었다.

"수산, 이제 무엇을 할 생각이니? 네 나이가 벌써 서른 살이잖니. 대한민국에서는 서른 살이면 노처녀다."

엄마가 조심스러우면서도 절절한 목소리로 말했다. 하긴 엄마는 유학 가는 아버지와 결혼하기 위해 스무 살에 길을 따라나섰다니. 당연한 걱정일지도 모른다. 해군에 입대할 때도 '결혼' 이야기는 귀가 따갑도록 들었다. 한인 사회나 흥사단 사람들이 '도산 안창호의 딸이 미국 해군이 되는 건 용납할 수 없다.' '한 살이라도 젊을 때 한인 청년과 결혼해야 한다'라는 말을 할 때마다 엄마는 상처를 많이 받았다. 그러나 수산과 수라에게는 신경 쓰지 말라며 많이 감싸 주셨다. 수산은 그토록 강하던 엄마도 세월 앞에서는 어쩔 수 없는 것 같아 마음이 아팠다.

"엄마, 전화 요금 많이 나오겠어요. 전화 끊을게요. 제가 곧 갈게요."

수산은 엄마의 근심 어린 목소리를 더 듣고 싶지 않았다. 전화 요금을 핑계로 전화를 부랴부랴 끊었다. 그토록 원하던 독립을 축하하는 날에도, 딸의 결혼을 걱정하는 엄마가 고마우면서도 마음은 무거웠다.

수산은 '결혼을 숙제처럼 생각하고 싶지 않다. 만날 사람은 반드시 만나게 될 것이다. 좋은 인연은 어딘가에서 반드시 나타날 것'이라고 확신했다. 그랬기에, 초조하거나 초라하지 않았다. 오히려 희망으로 미래를 바라보았다.

엄마와 전화 통화를 끝낸 뒤 수산은 숙소로 돌아와, 멍하니 앉아 바깥을 내다보았다. 불현듯, 아버지께 편지를 쓰고 싶었다. 오랜만에 느껴 보는 여유로운 마음이었다.

하늘에서 지켜보고 계신 아버지!

아버지, 드디어 전쟁이 끝났어요. 아버지가 예언하신 대로 천황이 항복 문서에 서명했어요. 아버지도 하늘에서 기뻐하실 거라 믿어요. 아버지는 돌아가시는 순간에도 '무스히토야, 무스히토야, 너는 큰 죄를 지은 죄인이다'라고 외치셨지요. 아버지의 담대함, 나라 사랑하는 마음이 오늘따라 더 크게 느껴집니다.

아버지. 대한민국이 단독의 힘으로 독립이 된 것은 아니지만, 아버지처럼 독립을 위해 싸우신 투사들의 힘이 모여 이룬 대가라 생각해요. 앞으로는 절대 남의 식민지가 되지 않도록, 제대로 된 국가로 발전하도록 도와주세요.

아버지가 못다 간 길을 따르겠다고 군에 입대한 저 자신이 오늘은 정말 자랑스럽습니다. 군인으로 살면서, 저는 아버지를 더욱 존경하며 이해하게 되었습니다. 나라를 잃으면 모든 것을 잃은 것이나 마찬가지라는 것을 피부로 느꼈습니다. 아버지가 제게 말씀하신 '자랑스러운 미국인으로 살되, 대한민국 국민의 정신을 잊지 말라'는 말씀 잊지 않으려 애썼습니다. 또 한 가지 버드나무 정신입니다. 어떤 상황이든 휘어질지언정 부러지지 않는 버드나무의 유연함을 늘 배우려 애썼습니다. 아버지가 심은 버드나무는 사라졌지만, 아버지의 정신만은 우리 가슴에 영원히 남아 있습니다.

아버지, 전쟁이 끝났으니 당연히 집으로 돌아가야겠지요. 그런데 참 고민이 많습니다. 제게는 군인이라는 직업이 딱 맞는 옷처럼 적격이라 생각하거든요. 그러나 엄마나 필립 오빠 등 가족들은 제가 군인이 아닌, 다른 일을 하기 바라는 것 같아서요.

이럴 때, 아버지가 제 곁에 계신다면, 겨울날 먹던 동치미처럼 시원하게 대답해 주실 텐데요. 지금도 '참배나무에는 참배가 달리고, 돌배나무에는 돌배가 달린다'라고 말씀하시던 아버지 모습이 생생합니다.

아버지에게 못 부친 편지가 늘어 갑니다. 그만큼 아버지를 향한 그리움도 쌓여 갑니다.

아버지, 가까운 미래에 엄마 모시고 대한민국 땅을 밟겠습니다. 망우리에 있는 아버지 묘소도 방문하고 싶습니다.

내일은 전쟁 종식의 기쁨을 누리러 거리로 나가 보겠습니다.

아버지의 자랑스러운 딸이 되고 싶은 수산 올림

이튿날, 수산은 홀가분한 마음으로 워싱턴을 향해 나갔다. 남녀 노소 할 것 없이 승전가를 부르며 자유를 만끽했다. 누군가는 맥주를 마시고, 또 누군가는 통기타를 치며 노래하고 춤췄다. 너울성 파도 같은 거센 인파로 발 디딜 틈이 없었다. 수산은 파도 타듯, 사람들 물결을 따라가다 피로감에 뒤로 쳐졌다. 사람들 곁을 떠나 홀로 걸으며 수산은 하늘을 올려다보았다.

"아버지, 버드나무처럼 휘어질지언정 부러지지 않고 잘 버텨 온 대한민국, 아버지의 나라이며 내 마음의 뿌리인 조국의 독립이 더없이 행복합니다."

오늘의 독립이 제대로 된 나라를 만드는 원동력이 되기를 바라며, 수산은 내일을 향해 걸었다. 전사답게. 발걸음도 당당하고, 씩씩하게.

　승전가를 부르는 사람들 속에서, 엄마의 얼굴이 떠올랐다. 인고의 세월을 견딘 엄마가 몹시 자랑스러웠다. 또한 아버지에 대한 그리움을 숙명처럼 여기며 산 필립 오빠와 필선 오빠, 친구 같은 동생 수라의 얼굴이 스쳤다. 무엇보다 단 한 번도 아버지의 얼굴을 보지 못한 채, 사진 속 아버지만을 기억하며 자란, 막냇동생 필영을 생각하자 눈가에 물기가 고였다. 슬픔도 기쁨도 아닌, 형언할 수 없는 감정이었다.

참고한 자료들

권오신 외, 《미국, 미국사》, 단비, 2021

민병용, 《미주이민 100년》, 한국일보사, 1986

박세길, 《다시 쓰는 한국현대사 1》, 돌베개, 2015

박현순, 〈코리안 아메리칸 안수산 연구〉, 경상대학교 석사학위논문, 2018

박현순, 〈코리안 아메리칸 안수산의 삶과 젠더 유산〉, 《여성과 역사》 31, 2019

오경문 글, 노정아 그림, 《안창호》, 랜덤하우스코리아, 2007

윤병석·윤경로 엮음, 《안창호 일대기》, 역민사, 1995

윤지강 글, 원유미 그림, 도산안창호선생기념사업회 엮음, 《도산 안창호 이야기》, 아이들
　　판, 2005

이야기 한국역사 편집위원회, 《이야기 한국역사 12》, 풀빛, 1997

장경호, 〈제2차 세계대전 시기 미군에 종군한 북미 한인 2세 연구: 《신한민보》의 〈청년
　　용사록〉을 중심으로〉, 《한국독립운동사연구》 69, 2020

장규식, 〈1900~1920년대 북미 한인유학생사회와 도산 안창호〉, 《한국근현대사연구》
　　46, 2008

장리욱, 《도산의 인격과 생애》, 대성문화사. 1970

정태헌, 《평화를 향한 근대주의 해체》, 동북아역사재단, 2019

존 차 지음, 문형렬 옮김, 《버드나무 그늘 아래》, 문학세계사, 2003

작가의 말

저는 오랫동안 탈북 학교에서 '박경희가 만난 인문학 수업'을 하면서 많은 탈북 청소년을 만났습니다. 사연이 없는 아이는 단 한 명도 없었습니다. '탈북 청소년의 대변인'을 자처하며, 절절한 가슴으로 글을 썼습니다. 작게나마 통일의 징검다리가 되길 바라며. 그러나 70년간 얽매인 분단의 띠를 풀지 못한 채, 살아가는 현실이 안타까웠습니다. 역사 속에서 답을 찾고 싶었습니다. 탈북 문학에서 역사 소설로 눈길을 돌린 이유입니다.

이 소설은 한 줄의 신문 기사로부터 시작되었습니다.

도산 안창호 선생의 딸 안수산, 미국 해군 최초의 여성 포격술 장교로 복무!

안창호 선생님에 관한 책이나 어록은 많이 보았지만, 안수산 이야기는 처음이었습니다. 독립투사의 딸은 어떤 삶을 살았을까? 개척자의 마음으로 안수산 선생님의 발자취를 찾아 나섰습니다.

다양한 자료를 찾아 읽고, 전시실 등을 찾아다니던 중, 독립기념관에 전시된 안창호 선생님의 유품 등을 꼼꼼히 살펴볼 때, 안수산을 만난 것 같았습니다. 아버지 안창호 선생과 어머니 이혜련 여사의 편지 속에 자녀들 이야기가 많았기 때문입니다. 아버지와 찍은 사진도 몇 장 볼 수 있었습니다.

자료 수집 중에 또 다른 기사를 접하게 되었습니다. 설렜습니다.

안수산! 2006년 한인 최초로 아시안 아메리칸 저스티스 센터가 수여하는 '아메리칸 커리지 어워드(American Courage Award)' 수상

아, 내가 정말 안수산 선생님을 가슴에 품길 잘했다는 생각이 들었습니다. 소설의 얼개를 짜고 캐릭터 구상 등 상상의 나래를 폈습니다.

그러던 중 로스앤젤레스카운티 정부에서 3월 10일을 '안수산의 날(Susan Ahn Cuddy Day)'로 선포했다는 기사를 보는 순간, 이토록 대단한 인물에 대한 조명이 없다니. 운명처럼 느껴졌습니다

2016년 3월 시사 주간지 《타임》이 선정하는 '이름 없는 여성 영웅'에 안수산이 포함되었다는 소식을 듣는 순간, 마음이 급했습니다. 어서 소설을 써 안수산의 삶을 널리 알리고 싶었습니다.

안수산은 1915년에 태어났고, 2015년 6월 24일, 캘리포니아 노스리지에 있는 자택에서 고요히 눈을 감았습니다. 혁명가의 딸로 100세를 누린 안수산의 멋진 인생 여정은 진정 용감했고, 아름다웠습니다.

소설은 안창호 선생님과 딸 안수산의 삶을 씨실과 날실로 엮듯 그렸습니다. 아버지 안창호 선생님의 이야기를 빼놓고는 안수산의 이야기를 쓸 수 없었습니다. 안수산은 평생 아버지를 그리워하며 살았습니다. 생전에 아버지와 함께한 시간이 별로 없었기 때문입니다. 심지어 막내 필영은 아버지의 얼굴을 단 한 번도 보지 못하고 자랐습니다. 가족보다는 나라가 우선인 독립투사 아버지를 이해해 가는 과정을, 작가의 상상으로 그렸습니다. 도산 안창호 선생님의 빛나는 어록이 있었기에 가능했습니다.

안수산의 청소년기를 담은 책이나 자료집은 거의 없습니다. 그래서 더욱 아버지의 삶을 자세히 살펴보며 소설의 집을 지었습니다. 새삼 일본의 침략 시기에 우리 민족이 당한 수모와 아픔이 얼마나 큰지 알게 되었습니다. 수형 생활 중 겪은 고문 후유증으로 고생하다 홀로 돌아가신 아버지를 생각하며 통곡하는 가족을 그릴 땐, 소리 없이 울었습니다. 아픈 역사는 되풀이되어서는 안 됩니다. 그 마음으로 '독립운동가인 아버지와 딸'의 삶을 그리고 싶었습니다.

이 소설은 '안수산의 삶'을 작가의 시선으로 상상하며 쓴 글이라는 점을 밝힙니다.

안창호 선생님은 제자나 독립운동하는 동지를 만날 때나, 자식들에게 편지를 쓸 때 '언제든지 스마일'이라는 말을 강조하셨습니다. 어떤 역경 속에서도 미소를 잃지 말라는 뜻이겠지요. 지금이야말로 '언제든지 스마일' 정신이 필요한 때가 아닐까요?

이 책을 읽는 모든 분께 조용히 외쳐 봅니다.

언제든지 스마일!